母子平行线

MUZI PINGXINGXIAN

马孜 著

沈阳出版发行集团
沈阳出版社

图书在版编目（CIP）数据

母子平行线 / 马孜著 . —沈阳：沈阳出版社，2019.9
ISBN 978-7-5716-0285-7

Ⅰ . ①母… Ⅱ . ①马… Ⅲ . ①散文集—中国—当代
Ⅳ . ① I267

中国版本图书馆 CIP 数据核字（2019）第 168553 号

出版发行：沈阳出版发行集团|沈阳出版社
（地址：沈阳市沈河区南翰林路10号 邮编：110011）
网　　址：http://www.sycbs.com
印　　刷：辽宁泰阳广告彩色印刷有限公司
幅面尺寸：165mm × 232mm
印　　张：13.75
字　　数：170千字
出版时间：2019年9月第1版
印刷时间：2019年9月第1次印刷
责任编辑：沈晓辉　郑　丽
装帧设计：杨　雪
责任校对：日　光
责任监印：杨　旭

书　　号：ISBN 978-7-5716-0285-7
定　　价：48.00元

联系电话：024-24112447　024-62564922
E - mail：sy24112447@163.com

目录

Catalog

/ 娓娓道来 /

母子平行线

MUZI PINGXINGXIAN

秋夜的早上醒来，打开窗，起雾了。清凉的风吹去我的睡意。该是动笔的时候了。

每个人的生命旅途中都会有一条无形的链，那由许许多多过去的事构成的一条色彩斑斓的链上，凝结着数不清的喜怒哀乐。回眸属于自己生命的链，萌生的不是悲泣与哀怨，而是温馨与快慰并存的情愫。这链的源头连接着我的母亲，那段与母亲并行的链全然是温暖的橙色。

我与孩子并行的这段链的色彩愈加丰富，在孩子从我的体内分裂时

的阵痛与第一声啼哭的神奇的瞬间，因切割交叠的生命激起的红色血花，顷刻就簇拥在一片嫩绿中。那么，就从这里写起吧。

虎娃诞生记

一

北国春城的南湖之滨有一片绿色军营。那里的一栋栋红砖营房掩映在四季常青的松柏中。20 世纪 80 年代中期的一个晴朗的春日，一辆绿色吉普车驶进营区，里面钻出一位标致的空军女军官。营区突然出现了这样一位明眸皓齿、仪表端庄的异性，在男军人的世界中着实引起不小的轰动。从此，这里多了一位年轻俊俏的女教官，那就是刚刚走出大学校园的我。

我的青春岁月起始于美丽的南湖之滨，浓缩了年轻生命中全部激情的爱是迟到的，也是短暂的，但却是真实美好的。年轻军人间的爱像速

战速决的战役，很快就以相互收编的方式结束。一个新的双军人家庭诞生在国防绿色的群体当中。

1986 年是虎年。虎年之初，虎娃开始在我体内落地生根，从那一刻起，我们开始了母子相依的漫长历程。

在宽大军装的遮掩下，虎娃在我的腹中不动声色地成长着。4 个月后，他就迫不及待地开始与我进行情感交流和不定时的锻炼。高兴时手舞足蹈，每当这时，我的肚子上就会此起彼伏地出现因内壁被拳击脚踹凸出的小包，只有在我轻轻安抚后他才会休战进而趋于安静。饥饿时他会懒懒地扭动团成一团的身躯，试图将其伸展开来。我能够感觉他探出头来亲自寻找琼浆玉液的企图，每每这时我不敢有一丝怠慢，赶快替他大吃一顿，接下来他就进入安眠。在他莫名愤怒的时候，我会恶心呕吐到心慌腿软。直到他出生我都没有找到应对的有效措施。

娃在我腹中安家伊始，我和娃爸就开始不停地讨论着他的性别与未来，尽管我们并不介意他的性别，但出于好奇还是一再讨论着这个很无意义的命题。为此还专门去长春空军医院做了 B 超。拿到模糊的小照片，看着像一排小鱼刺状的骨骼，很骄傲地夸奖着他的英武抑或他的俊俏。我们床头的墙上张贴着许多美娃照，贴得不够牢固，不时飘落下来，我们便认定肚里的娃的性别肯定与墙上最后留下的娃相同。娃他爸喜欢在睡觉前伸出笔直的长腿蹬娃照的边沿，结果一幅幅美娃照纷纷飘落，最后剩下一幅憨态可掬的大丫头，从那天起，这丫头就被当成咱们的孩子。面对被称为大麻丫头的肖像，乐此不疲地构思着数不清的虚拟细节。

在营区里，包括我在内有一群年轻的女军人，不久前早操时还扎着腰带在操场上扭动着婀娜的身姿，稍息、立正、敬礼、正步走，看得平日训练有素的男兵们两眼发直溜号到正步走出顺拐。幸运的是，这一群女军人先后都升任了将军。营区还是那个营区，早操的队伍里却少了这群年轻女军人的色彩，取而代之的是另一道前所未有的风景——摇着将军肚的孕妇们目空一切昂首挺胸地出现在营区的各个场所。这些准妈妈经常聚在一起，交流着不知从哪里淘来的育儿经。我自认不是俗人，娃虽已降临体内，但依然硬挺着保持着军人的仪表，自视清高地坚持绝不与那群孕妇们为伍，一如既往地上班、教学，甚至忍着恶心按时去食堂就餐。但之后终于品尝到了不接地气的恶果，早孕反应活生生扒下了我的伪装，美丽俊俏的脸颊已然变得瘦削而青灰。虽狼狈不堪，但腹中的娃却以加速度生长着，再肥大的军装也遮掩不住那直径不断增大的肚子。终于我卸下领章帽徽，换上家居软布鞋，站在镜子前照照：一个标致的准妈妈诞生了。从此，我也和其他孕妇一样，夸张地挺着那圆滚滚的肚子在营房院里该去哪去哪，该干啥干啥，娃出生前的栖息地，好像是最神圣的奖牌，似乎那块奖牌越大功勋越卓著。接下来，就像入了教的信徒，虔诚地朝圣所有能够提供胎儿保健和成长的信息。买来胎教音乐，关起门来试听一下，高山流水，令人昏昏欲睡。我极大地担心未出生的娃听了这样的昏昏然之音，会变成瞌睡虫型人类。于是我放弃了为娃播放这样的音乐，改播小提琴协奏曲《梁山伯与祝英台》等中外名曲，随着或激昂或温婉的旋律，腹中的娃似乎也和我一样，情绪出现了与旋律匹配的起伏与波动。每当音乐响起，腹中的娃时而拳打脚踢，时而安静异常。就这样，我的娃幸福地栖息在跳动着美妙音符的琼浆玉液中。每天我都带着肚里的娃津津有味地玩着富有情调的游戏，除了听音乐，还定时去大自然散步，定时听我讲故事等。我相信，这游戏绝不是我强加给娃的，而是娃所需要的，而且益智。他会感知外面的世界很精彩，我相信，不断被激励的脑细胞和其他生命组织会比不被激励发育得要快。在很久以后的一个晴朗的月夜，我那长大后的娃关上灯，请我坐在柔软的沙发中，喝着热茶，紫红色的窗帘随着微风飘起，轻柔地抚摸着他那稚气未消的脸颊，月光下，我的娃为我一个人演奏了小提琴独奏曲《梁祝》。这是有生以来我听过的最动听的音乐。那一刻我确认，当年每天把录音机扣在肚子上听优美音乐的坚持是多么正确。他后来灵魂中荡漾的浪漫情怀和与优美旋律和谐一致的音乐修养与胎教的音乐熏陶是不无关系的。孕期的生活是甜蜜的。肚里的娃每天都在向我传递他的进步信息，我的情感、我的智慧、我的喜怒哀乐与他的联系一天比一天密切，我愈加感到由一个生命分裂出另一个生命过程的无比奇妙。很多散文和诗歌都在明晰地表明，所有生命的个体，本质上都是孤独的，作家们用很多笔墨去讴歌孤独的美，引导人类从孤独的恐惧中走出来，鼓励人们做一个享受孤独的勇者。而当我的生命行将分裂出新生命的时候，我却真切地摆脱了孤独。因为那个在我身体中存在的另一个小心脏，用与我的心脏同频率的跳动时刻陪伴在我的生命中，向我唱响美妙的生命之歌。娃的拳脚功夫一天比一天有力，随着他的体积不断增大，生存空间日益狭小，他活动的幅度变得越来越小了，他在积聚力量走向阳光灿烂的世界。

孕期的生活是艰难的，小生命身躯的每一部分的生长都要母亲付出代价，母体中的养分顺着一条柔软的供给线，源源不断地输送到娃幼小的身体中。由于自身养分失去原有的平衡，我经常腿抽筋、恶心，消化功能也大不如前，腹中的器官被日益膨大的宫殿挤得错了位。到了晚上，小山一样的腹部重重地压在身上，呼吸变得不畅通起来。各种令人难以承受的连锁反应接踵而至。无计可施中，我无意发现把注意力转移到身体以外，集中精力做一些事情时，可以忘掉由于孕育胎儿而背离正常运行轨道带来的周身不适。当时我正在承担微积分教学任务，为了转移自己的注意力，每天胸部顶着桌，演算樊映川高等数学习题集，从前到后一题不落地算了很多遍，直到娃出世。没想到，因为孕期所从事的教学，以及为了缓解怀孕反应而采取的措施，却意外地起到了娃出生前智力胎教的良好效果。也许是那时我精力集中算题太多，在娃出生前就把解题思维及方法传导给他，以至于他在学习阶段，本能地把数学当作娱乐和消遣，高中一年级就“玩”完了大学数学专业的微积分，参加了加拿大西安大略大学微积分结业考试，成绩达到满分。米奇对数学有着与生俱来的亲切和良好悟性,这奇妙的事情应该是胎教与后天特质的必然联系。胎儿在母体内发育的过程中，不仅通过脐带从母亲身上吸取养分，还会通过母亲错综复杂的神经系统，把训练神经网的有用信息传达给胎儿的一片空白的子神经系统。这个过程也就是胎儿从母体身上通过近似于无线通信的手段吸取智慧的过程。作为一个多年从事工程科学研究的母亲，对所谓遗传的解释，不自觉地就背离了生命科学的专业轨道，用生命科学家看来可笑的方式解释遗传工程的问题。但我一直认为，科学各领域的理论是相通的，只是研究对象不同罢了。我的良好愿望是想激起未来的母亲们对母子性格遗传和智慧遗传是可控的这一问题的重视。

与尚未谋面的娃亲密交往，朝夕相处的日子过得飞快，随着秋季的来临，产期临近了。

二

我们的第一个家安在军营家属区的一栋 3 层红砖楼房的 3 楼，我们住在一套单元房中的一间最小的朝向北的小屋里。每到寒气逼人的冬季，窗上总是结满厚厚的冰凌，不见天日的小屋温度只有 5℃ ~10℃，身上经常裹着羊皮大衣，脚穿羊毛里的大头鞋，还要在怀里揣个热水袋。

为了让娃出生后能够躺在温暖的被窝里拥抱太阳，我带着腹中的娃没有选择地回到故乡母亲的身边。 在大学任教的母亲为了迎接外孙的到来，全力以赴地做着各种准备。手巧的母亲就像小时候打扮我一样，用花布裁剪出各式小衣服、小围嘴儿、小棉袄棉裤，还用柔软的绒线编织出漂亮的小毛靴和小毛袜。在待产的日子里，我沐浴着母爱，在母亲身边学习如何做一个母亲。

在离预产期还有一周的一个晚上，娃开始了打开生命之门的行动。父子连心，长春营房中的娃爸没有接到任何消息就在焦虑中放下手中的工作，不顾部队领导对请假颇有微词的拒绝，在夜幕降临之前赶到我们身边。阵阵腹痛袭来，一阵紧似一阵，年轻的娃爸故作镇静，而我的母亲是个不接地气的文化人，由于当年有身为医生的祖父祖母打理我们出生的一切，我母亲没有任何处理生儿育女具体事宜的经验，当时只由我自作聪明地做出至今想起还有些荒唐可笑的安排。娃爸刚到，很累很饿，先吃饭，再睡一觉，午夜两点叫急救车，母亲该睡就睡，娃爸带上军大衣御寒，我们同去空军医院。我的包里没忘了带上那本《控制论》，想在医院有空翻翻。一切按计划进行，在漆黑的夜里，娃爸挎着军大衣，提着装着《控制论》的提包，携同我及腹中已经等得有点不耐烦的娃，一同登上救护车。此刻我已经被剧烈的阵痛折磨得几乎挪不动半步了。

接下来，我在剧烈的阵痛挣扎中，经历着每一个母亲在炼狱中百炼成钢的艰难历程。同一病房的产妇的丈夫们此刻成了一个战壕的战友，目睹着孩子娘们的惨状，互相勉励，交流着各自所能想出的加快产程的经验。除我之外，其他产妇都是带着足够的生活给养、暖瓶、水杯、洗脸盆、饭盆，煮鸡蛋和小米粥多得吃不完，拎着鸡汤罐的后备人马不断跟进，产科走廊煞是热闹。只可怜我娃他爸，拎着装有一大本厚重《控制论》的皮包，站在产房外等待的队伍里。好心的战友奉上鸡蛋，让娃爸给我补充营养，增加体力，可娃爸不信传统那一套，坚称，咱娃他妈就认巧克力，那东西管用，于是，掏出钞票请人帮忙买回一大摞巧克力，送进产房，此举换来护士们善意的嘲笑。同病房的产妇中，有位看上去娇滴滴的准妈妈为了保持自己的光辉形象，下决心孩子出生后坚决不母乳喂养，她可怜的丈夫，只好把农村的老母亲接来，候在门外。孙子一出生，老奶奶喜气洋洋地抱上孩子就回了山清水秀的老家。后来得知，这位娇贵的妈妈再也没能从丈夫老家领回儿子，思念和愧疚使昔日的玫瑰很快枯萎。他的儿子无疑成了个山里娃，直到长大也没有品尝过母爱的滋味。

终于，在黄昏时分，在那间墙上结满白霜的冰冷的产房里，在儿子的第一声啼哭声中，我完成了我人生的蜕变，由一个母亲的孩子变成了一个孩子的母亲。此刻窗外飘起了大片的雪花。

三

自从在产房中跟我用一声清脆的啼哭声打过招呼后，被我们命名为米奇的虎年娃就很少无端发出哭声。在外婆洒满阳光的家中，我和米奇占据了外婆柔软的大床，我眯着眼睛享受着母亲的关爱和照顾。母亲对于锅碗瓢盆的家居业务很是不在行，为了给馋嘴猫女儿解馋，刚刚从医院回来就端上一大碗香味四溢的肉馅馄饨。吃完不到一小时我就发生了剧烈腹泻，但我一直认为，那是幸福的浸透妈妈爱的腹泻。米奇睡在外婆为他安排的舒适的小铺位上，盖着外婆亲手缝制的小花被褥，枕着松软的小枕头，周围洋溢着妈妈特有的具有安眠作用的幽香。大部分时间，他都在甜甜地睡着，偶尔会咯咯笑一笑。在有限醒着的时间里，我会不失时机地与他交谈，好像是在继续他出生前我们所做的游戏。从他在温暖被窝里呈现出那惬意的表情，我知道他是一个与我非常相似、不喜欢被束缚的孩子，于是，不顾周围指导我育儿的过来人的劝导，执意不给襁褓中的米奇放进用布带捆扎的被卷中，而是让他拥有松软的被窝和枕头。为了他的舒适，在诞辰未满一个月的日子里，开始每天沐浴后穿上迷你小睡袍，身上散发着香喷喷的气息，舒服地躺进被窝里，大做只有他自己才懂得的白日梦。至于排泄问题，我开动脑筋，把塑料瓶斜向拦腰剪开，开口贴上布质胶带，定时放在他的小水龙头上，在腹中和我玩了好几个月的小米奇与我心有灵犀，每当特制的小尿罐靠近，小喷泉立刻开启。所以，米奇在襁褓的日子里，母亲家很少有五颜六色的万国旗挂在外面。而米奇早早就开始享受人类温暖舒适的居家生活。其实我一直对婴儿出生后一定要被捆成一卷持反对意见，就像植物，土质松软细腻，并不妨碍长得挺拔有形，室内的花朵只要营养均衡，并保证阳光均匀照射，一定色彩艳丽，枝繁叶茂。婴儿也是一样，在自然轻松中发育，不论对肢体还是精神都是有利的。我无法想象襁褓中的米奇若被捆绑着生长，现在该是什么样子。

满月的日子到来了。一大早，我迫不及待地为他第一次穿上棉衣裤，兰花小围嘴儿罩在外面，我还不忘在他的肩上缝上一条擦口水的小花手帕。这样他可以躺在被窝以外的地方看蓝天、看冬日里的太阳了。母亲对我像过家家的育儿法哭笑不得，管又管不了，也就由着我去了。其实我知道，母亲和我一样，骨子里对一些传统事物有着本能的叛逆。

为了养成小米奇独立的习惯，我坚持不轻易抱的原则。偌大的床是小米奇的运动场，任他使尽全身解数蠕动着肉滚滚的身躯在上面花样翻新地展示各种自选动作健身锻炼。我常常与他话着家常，看着他精彩的表演，我想他是懂我的。他懂得脱离母体来到世界以后，就有了依靠自己创造快活的权利。大部分婴儿是在母亲的怀中长大，离开怀抱就无法安然入睡，婴儿的哭声大都起源于对离开大人怀抱而发出的抗议。我认为，从那时起，就应该对孩子建立起生存规则，那也是性格的初始训练，独立意识在那个阶段就应该开始建立。

四

3个月的假期满了，小米奇依依不舍地离开外婆温暖的家，随我返回部队了。一路上小米奇被我抱着，他眯着眼吮吸着熟悉的妈妈气味，好奇地时不时望望窗前会动的风景。旁边坐着一位日本大叔，对身边的像树懒一样可爱的小旅伴关怀备至，甚至献出他的怀抱。只可惜小米奇并不领情，用力把小水龙头开到最大，在日本绅士笔挺的西装上画了一幅巨大的地图。

小米奇回到凉丝丝的长春军营的家中。我们都很惊讶，能干手巧的米奇爸已经亲手为儿子打造了很奇特的婴儿床，除了周围的护栏，看上去就是一张迷你士兵铺。小米奇很理解英武军人爸爸的一片苦心，躺在有棱有角并不柔软的军铺上，睁着迷惑的眼睛，打量着陌生的环境。这是色彩单一像军人宿舍一样的房间，门后整齐地挂着一大一小两件黄绿色军装，领子上缀着镶着金色星星的蓝布块儿。衣架同一钩上挂着两顶大盖帽。 室内唯一的色彩就是雪白的墙壁上挂着的一幅海上日出的油画。扭头看看，大床不像外婆家飘着太阳味道的大床那样温馨，两床豆腐块一样黄绿色被子并排摆放在平整得没有一个皱褶的雪白的床单上。米奇心里很不喜欢这个样子，小嘴撇着，最终还是忍着没有用哭声抗议这样的改变。从此，幼小的米奇开始了与父母共同生活的历程。

小米奇就像一棵嫩芽，其长势只能用日新月异来形容。 我是个具有民主意识的妈妈，从见到米奇那一天始，就坚持践行母子间以民主协商的方法解决问题的原则。当然，他不一定理解我与他讨论的内容，因为世界上的事对他来说太陌生，要一点点学才行。而我呢，自打见了米奇的面，就从心底里把他看作是一个独立的小人儿，虽然小，一离开母体，他就要享有他的权利。很快，我就养成俯下身去与娃讲话的习惯，把我的一切有关他的决定告诉他。

产假结束不久，我突发奇想，觉得自己头脑中还闲置着许多空间，有必要开发一下，便煞有介事地与相濡以沫数月的小米奇一厢情愿地自说自话起来。我很可笑地动之以情，晓之以理诉说着我从他身上部分地移情别恋于学问的伟大意义。从小米奇那无助的眼神中可以看出他的无奈，他来到世界后一直百分之百依赖的妈妈朋友，一旦上了学问的贼船，他要面临的考验将是无比严峻的。

接下来，像中了邪一样，那堆书散发出的巨大磁性，将我身不由己地吸到书桌边。带着妈妈是孩子榜样的坚定信念，注意力由娃慢慢转移到那永远读不完的书中。只可怜了小米奇和他爸。以前，米奇已经习惯了俊美的脸在眼前晃动，听着柔声细语的唠叨进入梦乡。如今换成面对爸爸有棱有角不苟言笑的脸，一看就想立正，一立正喷泉的开关就闭不严，潺潺流水随之而来；本来想睡，一旦听到爸爸压低嗓音发出的音频信号，顿时因受惊导致精神亢奋，睡意便消失。米奇是个好小孩儿，为了成就妈妈的远大抱负，不哭不闹，拼尽全力适应爸爸的刚性抚育。不久，性格上显现出一般孩子所没有的隐忍与坚毅的特质。在很多年后，米奇远离亲人独自在国外闯荡的日子里，这可贵的特质在残酷竞争中显现出了得天独厚的优势；而我在学术研究上的孜孜以求的行为，于无声中奠定了在米奇精神世界中的教母地位。

为了照顾米奇，我们聘任了一个叫晓娣的18岁的小保姆，没有一点育儿经验的晓娣的到来，似乎并没有缓解我们生活上的压力，反而我们的家却像添加了一个需要关心的大孩子。她见到米奇就像获得了一个好玩儿的大玩具，高兴得合不拢嘴。在我们上班的时间里，她像夹着一个洋娃娃一样把米奇夹在腋下，满营区转悠。不可否认，晓娣很有组织能力，几天工夫就集结了营区所有小保姆，我家成了保姆的王国。晓娣很豪爽，打开冰箱，里面所有的食品大家免费享用。当然，在下班的号音吹响前，保姆沙龙肯定收场。然后，晓娣会像喂鸟儿一样，把菜叶切碎，拌上盐包上面，做成称之为饺子的东西。我们回家看到的是，少女晓娣抱着她的洋娃娃米奇，用小调羹一口一口地喂他裹着菜叶面皮的景象。米奇似乎并不反感菜叶的滋味，把小肚子撑得滚圆。不到一周时间，米奇第一次生病住进了空军医院。出院后，晓娣似乎长大成熟了，在我的精心调教下，她变成了米奇的保护者。

博士妈妈与小淘气儿子

一

不久，我带着米奇回到大学校园，开始攻读我的硕士和博士学位。

我不是学校的员工，米奇自然上不了学校的幼儿园，无奈，只好把米奇送进由一位学校退休教师创办的家庭幼儿园。园长和教师由一人担任，我们叫她梁老师。园中的孩子全是无权进入正式幼儿园的小商贩的子女。米奇只有 17 个月，是最年幼的小朋友。米奇的到来给梁老师夫妇的生活带来极大的乐趣。自从来到梁老师家，米奇被这老两口视为开心果，老两口像对待亲孙子一样细心观察他的每一个细节。中午，他们会在自己的床上搂着米奇睡觉，还会让米奇与他们老两口一同享用有利老年心血管保健的各种食品。他们总是对我夸奖米奇聪明，每当这时他们好像是米奇的亲人，而我好像是外人。对于梁老师夫妇的夸奖，我的理解是他们喜欢米奇，所以怎么看都好。直到有一天，我在幼儿园全体孩子上认字课时去接米奇，真让我吃惊不小，不到两岁的小米奇，挪动着摇摇摆摆的企鹅步，两只手举着梁老师老伴张爷爷的大手杖，指着满墙的方块字奶声奶气地教下面即将升入小学的小朋友们学认字呢！此刻我仍然不认为米奇有多聪明，我认为，这是因为他头脑中的记忆存储单元刚刚启用，因而显现出的只是他的位置记忆能力，他并不能理解方块字的内涵，若将字的位置调换一下，也许他就做不到读一个对一个了。但通过梁老师，我发现了米奇的精力集中能力强于他人。

自从米奇认识了一些方块字，我们的生活就便增添了新的内容：讲书。米奇爸几乎买来书店里所有的中外童话书，我在学习工作之余，大部分时间都是与米奇一起深深陶醉在美好的童话世界之中。有时我抽不出时间陪他读书，他会与已经退休童心未泯的老外婆，头顶头地在铺满阳光的大床上撅着小屁股，共同阅读各种有趣的读物，听外婆讲述中国近代发生的故事。我发现，听书已经满足不了他猎奇的渴望，于是，买来新华字典，教他汉语拼音，很快，他就对这认字神器爱不释手了。从此，开始独立阅读，自由地遨游在知识的海洋。那一年，他 4 岁。

二

在米奇成长的年代，中国独生子女的家长们的独特的教育理念也毫无例外地影响到米奇的童年。看着周围同龄孩童的家长不畏严寒酷暑，从孩子很小时就送去学习琴棋书画各种技能，我若按兵不动，似乎不合情理。于是，煞有介事地买来雅马哈电子琴，每周去老师家学琴。去前，小米奇总趁我不注意，偷偷把小汽车、小坦克揣在怀中。在老师那里，这边学着琴，老师稍不注意小汽车和小坦克就在周围开始巡航。回到家，我还要装作很严厉的样子监督他练琴，看着他心不在焉地在琴键上滑动着小胖手，弹出诸如黑猫警长等当时流行的动画片插曲时，我居然感到孩子成了我的智能大玩具，给我尚存的童心以快乐。我反复问自己，违背孩子的天性让孩子做他没有兴趣的事，其后果是什么呢？我又试着送他去绘画班，结果他的小汽车和小坦克照旧在美术教室跑来跑去。无奈之下，我与米奇面对面地探讨究竟他能学点啥和学点啥的理由，米奇满脸迷惑，我给出了个很接地气的学点啥的理由，就是别人都会点啥，你不会，将来长大找不到媳妇儿。这理由使小米奇更加迷惑，媳妇儿很要紧吗？他看着我祈求的眼神，决定挑一样来学。他很郑重给出了自己的选择：学唱歌吧。我问他理由，他回答，唱歌不用学，跟着唱就行。于是，我送他进了少年宫的声乐班，当然，这是需要交钱的。尽管私藏的玩具小汽车照样开到钢琴边的老师脚下，但由于米奇天生一副好歌喉，再淘气贪玩儿，老师绝舍不得放弃对他的栽培。每次少儿声乐比赛，小米奇都会挺着他的小胸脯站在舞台中央的聚光灯下，以面对台下黑黝黝的人头犹如面对一片大头菜般的气定神闲引吭高歌，获得了很多奖牌。经常有来自音乐学院的大赛评委私下打听，那个丁点的小男孩是谁带的学生呀？在少年宫的声乐学前班学习期间，小米奇长得太小，最小的双肩背包背在他身上，走起路来会不停地撞击着他的小屁股，上楼时，别人一步步向上迈，他却要手脚并用向上爬。和我一样，小米奇对这样拼大力学点啥的事情很不以为然，那一大摞获奖证书并没给他和我带来更多的快乐。我们一致认为，世界很精彩，有趣的事情太多了，快乐的日子最重要。我经常和小米奇一起，为我们共同面对的不开心互相安慰：一切都会过去，一切都会好起来的。

实事上，米奇具有很高的声乐天赋，因为他从童声期嗓音音域就很宽，音质很美且没有一丝杂音，长大变声后，变成了非常浑厚的男中音，但终究没有走上声乐的道路，这也许与顽童期违背意愿的培养导致的心理上的厌倦有极大的关系。后来，在一种自然状态下，他与读书和数学保持着亲近，这就逐渐形成了一种非强迫的本能。在愉快的状态下，内在潜力一经激发，爆发的能量之巨大是难以想象的。

三

身边有了米奇，我发现工作和学习不像过去那么轻松了。每天送米奇去了学前班后，我坐到实验室里，要极力把注意力调整到学术研究状态，但总会有一个无法消除的过渡过程。我的实验室在学校主楼 2 楼的一角，房间很大，我用一个自己组装的迷你电加热系统对自己设计的各类控制算法进行验证。夏日里，迷你小电炉对我发威，发出的热浪喷到我的脸上，流出的汗很快就被烤干，感觉上似乎比汗流浃背还要难受。但每当我的控制系统进入稳定运行后，看着绿色屏幕上的黄色动态曲线逐渐趋于平直状态时，随之而来的舒坦，好似清凉甘甜的泉水汩汩流淌在血液里。到了冬季，偌大的实验室冷若冰窖，小电加热炉中发出的那抹橙红，就像寒冬里的太阳，辐射出热量到达了我的身上就几乎为零了。

那是一个元旦。有家人帮助照顾米奇，我可以进入短暂的无后顾之忧的状态潜心研究了。空旷的实验室内只有我裹着羊皮大衣坐在实验台前，远处传来除夕晚会的喧嚣。我用几乎冻僵的手敲击键盘，修改着实验参数，观察着实验结果。为了抗击严寒，我将导师那把亮晶晶的高档电水壶灌满水烧开后靠近怀里，但寒冷中的脚却几乎被冻僵。那个除夕夜，我获得了非常重要的结果，我的一个全新的算法得到了验证。也就是那一刻，停电了。我在黑洞洞的楼中小心地摸索着找到楼梯，由于紧张害怕，外加冻僵的脚不好使，我从楼梯上滚了下来，身上摔得很痛。活动一下，还好，厚厚的冬装有效地保护了我，虽摔得很厉害但没伤着筋骨。不久，我的基于严谨的理论推导和反复实验验证的论文发表了。

小小的米奇与我在大学校园的生活是艰辛的。有这样一个幼小的孩子在身边，衣食住行就不像单身的女研究生那样简单了。宿舍除我之外还有两个女生。其中一位在本地，住在家中。另一位年近三十，男朋友经常光顾，不要说我带着孩子，就是我本人住在自己的宿舍都会给她带来不便。很幸运的是，对面住着一位单身母亲。她看到我的窘境，请我带米奇搬到她的宿舍，于是，我们两个女博士的儿子成了小伙伴，有儿子陪读的生活其乐融融地展开了。宿舍中总是弥漫着一种奇特的幽香，这是同屋研究有机合成的博士大姐配制的清新剂。她的孩子是一个比米奇大几岁的男孩儿，很懂事且善解人意。这个男孩长大以后学业有成，成为上海交大的教师。

为了保障儿子的健康，我就在宿舍用小电炉为米奇做饭，研究生宿舍限制用电，用电一旦超过 300 瓦便自动跳闸，跳一次闸罚款 100 元。为了不被罚得倾家荡产，我使出浑身解数对房管员女士进行公关，我的公关手段只能是我最真诚的微笑外加恰到好处地赞美经常守在她身边的女儿。效果奇佳，尽管我的宿舍接二连三地跳闸，房管员从来都是视而不见。很多年后，米奇居然在牛津大学实验室邂逅了房管员的女儿，那位物理学博士后成了米奇的短期合作伙伴。

对于吃，除了用小电炉自己做饭，有时也经常借助研究生食堂的所谓硬菜。不敢恭维，那些菜不要说幼小的米奇没法消化，就连我都很难顺利送进胃中。记得一次我买回一大盘炸得金黄的鱼，一口下去，除了满嘴未刮的鱼鳞，还有黑乎乎的肠胆。从那以后，我对油炸鱼看都不想再看一眼了。

伴随着米奇的成长，我获得了博士学位，并由军队转入就读的大学任副教授。生活条件也有了天翻地覆的改变。

四

那是个晴朗的夏末秋初的早晨，米奇穿上我为他专门准备的短袖格子衬衫，配有背带的短裤，带有彩条的白色长筒袜，脚蹬红色的皮凉鞋，站到了小学一年级学生的队伍里。他站在队伍的倒数第二的位置上，他的后面是一个比他还矮小的男孩。米奇成为小学生后，淘气的水平如芝麻开花节节高。

一个快要退休的女教师是米奇的第一位班主任。一有机会，她就会像一个慈祥的祖母带领那一群学生玩一些很古旧乏味的拍手游戏。她尽职尽责地教导着学生要养成守纪律、听大人话的习惯；还教导大家凡事不考虑自己要考虑别人才是好学生。米奇似懂非懂，心里时刻充满着玩儿的激情。当同学们课余时间争先恐后到处做好事时，米奇却总是做出让老师和同学啼笑皆非的另类举动。下课时，同学们利用宝贵的课余时光弯腰捡散落在校园中的垃圾，或玩一些有组织的游戏时，往往会在某个角落发现专心模仿心目中的童话英雄并折腾得满身泥土的小米奇，他煞有介事地挥舞着被当作宝剑的树枝，摆着诸如西瑞和沃克曼等造型。

当有同学不小心跌跤，小同学们会跑去搀扶，小米奇会不失时机地跑去骑上去来个武松造型。课堂上，小米奇也绝不是个认真听讲的好学生，他因矮小坐在前排，每当老师背过身在黑板上写字，米奇会回头做出各种奇怪的表情逗大家笑，为此屡受制裁，轻者到前面罚站，重者驱逐教室，外加喊家长来一同受训。在那段日子，我经常是刚刚走下大学讲台，匆匆赶回家准备好午餐，门铃响起，进来的不是儿子，而是来报信儿的同学，报的信儿千篇一律，就是米奇挨留了，老师让您去领人。于是，我必须没有一刻耽搁地跑向学校，在老师的办公室里，米奇耷拉着小脑袋站在老师面前。接下来，我们一同伫立，倾听老师教诲，每次的问题都是淘气、出洋相、上课不注意听讲。次数多了，我已经都能把米奇的错倒背如流了。为了节省老师的宝贵时间，我会主动发问，除了上述问题，是否有其他品行、安全和道德方面的问题。得到否定的回答后，我会态度虔诚地向老师致谢，然后带领米奇向后转，回家吃饭。为了安抚小米奇在如此乏味的学校里所受的委屈，我还会为米奇加菜。渐渐地，小米奇以他淘气的英名闻名他所在的小学，关于我首席护孩子母亲的事迹，也在那所小学老师中广泛传颂。

米奇的同学们先后都成了少先队员，胸前佩戴上了红领巾，清晨，在国歌声中把手举过头顶向五星红旗敬礼。而小淘气米奇却迟迟没有获得佩戴那片红色三角形的光荣。好在，有我这个具有叛逆情结和另类思维的妈妈，私下里并没有在孩子面前表现出丝毫的在意，还会额外对米奇纯真的天性给予鼓励。所以，在米奇幼小的心里，判定光荣与否的标准一向是与常规相悖的。在我的默认下，他一直不认为淘气是什么了不起的缺点。直到有一天，老师终于通知他也是少先队员了。因为是最后一批，没有任何仪式，让他们几个淘气包回家让家长买一条红领巾戴上就行了。那晚，米奇把红领巾叠得整整齐齐放在枕头下面，比平时睡得晚些，说了很多话，看得出红领巾在他心目中的分量。一直以来，当全校同学整齐地站在操场上把手举过头顶向国旗敬礼时，只有这几个小淘气没有被授予这样的权利，这对处在萌芽期的孩子们的自尊心，毫无疑问是受打击的。我知道，每天清晨孩子是带着怎样的压抑和不情愿走进红领巾飘动的校园，在这样的情形下，无论怎样安慰也是苍白乏力的。我看着枕着红领巾安然入睡的儿子，心中满是没能在孩子的窘境中出手相救的愧疚。还好，米奇骨子里的坚韧，没有使他在刚刚步入人类群体时就败下阵来，快活的天性没有丝毫衰减。

就像对自己学生优劣的裁定完全不以分数为标准一样，我一直不太介意米奇在学校的学习分数，在小学阶段，我希望我的孩子能在洒满阳光的校园中充分享受童年的快乐，所以，只要米奇成绩过得去就行。米奇除了上学、淘气，其余大多数时间都躲在他的小房间中陷在大皮椅中看形形色色的书，他的书多得摆满了通到顶棚的书架。到了考试的日子，他总是从容不迫地穿戴整齐，吃饱喝足，临走还要从抽屉中拿出两件应考神器，那是他收集的众多的钥匙坠中的两个，一个是仿玉石的菩萨，一个是一本迷你圣经。他绷着小脸，很庄重地把这两件宝物挂在脖子上并藏在衣服中。我不知他这是在搞怪还是认真的。我和他开着玩笑送他出家门，让他注意两个神仙别打起来，并祝他在神仙们的保佑下成功。

和所有小学一样，家长会在学期末举行。家长会上，教室里我坐在米奇的座位上。打开小桌盖，淘气的痕迹比比皆是，画满小人的纸团打开一看就知是米奇的杰作。黑板上挂着列满学生成绩的大字报。我前后看看，所有到会家长都紧张地盯着那张有点发皱的大纸，在上面寻找着自家孩子的名字。起初，我以为是以姓氏笔画为序，按规律一看，不对；按座位位置排序？一看也不对，原来是按总分多少来排序的。由上向下看，在这全班近60人的成绩单上，我看了半天也没有找到米奇的名字。

于是，改为由下向上看。很快，米奇大名赫然在目。语文 98，算数 99，英语不及格。我数了数，总分数排名倒数 17。在以语文算数是否双百论英雄的小学，米奇的成绩简直就是极大地不及格了。我忍不住笑出声来，好你个不够朋友的米奇，光顾自己玩得高兴，不好好背书，太不给你的博士妈妈留面子了。我左右前后看看其他家长，有的喜上眉梢，有的一脸沮丧。认识我的家长向我投来同情的目光后，也许怕我尴尬，好心地急忙移开目光。回家后，我绝口没提学校排名张榜的事，照样做出美味佳肴，庆祝我们母子共同开始幸福的假期。

很多年后，操着一口纯正牛津腔英语的米奇博士和我谈起当年他的英文成绩时，我们竟为他是倒数第一还是倒数第二而争论不休。我记得他是倒数第一，他却咬定是倒数第二，理由是他们班有位智障的女同学肯定考不过他的。

随着米奇渐渐长大，我的学术研究也渐入佳境，开始走向国际，于是，把米奇留给外婆，长短期出国访问也成了家常便饭。

五

米奇的小学与故乡的所有学校一样，很多与教育伦理背道而驰的规则悄然无息地浸染着本是一块净土的校园。每当教师节、教师的生日等五花八门的日子，学生家长们像朝圣一般把供品投向本是圣洁无比的教师讲桌。同吃五谷杂粮，米奇爸是家中消化最好的一位，他了解当今社会的弊端，虽不苟同，但为了孩子，也不得不做一些很接地气的事情。米奇三四年级的时候，我经常在国外工作。脱离了我的监督，他的淘气水平越发不可收拾。由于他在玩上的花样翻新，吸引了一些同样有淘气热情的男生聚集在他的周围。他居然发展了一个“专业”小队，专门从事能够发射小塑料球的玩具枪的实战演习和训练。玩具枪是大家用家长给的年底压岁钱买的。在米奇的指挥下，把“军火”埋在土里，需要时扒出来使用。对此老师有所察觉，由于老师找不到我，无奈之中只能致电米奇爸。处于大忙人巅峰期的米奇爸除了对米奇进行了一场空前绝后的军事惩治以外，对于面无惧色宁死不屈的倔儿子再也无计可施，只能背着米奇把大米豆油送去老师府上，对老师的包容深表谢意，同时也对即将发生的同类事件时老师即将付出的心血进行超前感谢，并敬请老师密切关注野战军的动态，一有风吹草动立即通告，以便老师和家长内外夹击，制止他们的一切危害安全的演练。当时，米奇的班主任是一位很稳重很年轻的母亲，米奇爸送上礼物时，是怀有对老师有些大不敬的深深歉意的。对于米奇的这位班主任，我们全家一直心存感激，感谢我不在米奇身边的日子里，她对米奇淘气的宽容和管教，从而没有使他的危险游戏惹出大祸，平安地渡过了即使家长也很难把握的儿童危险期。在米奇的心中，他的这位班主任王老师是故乡小学最美老师的代表。

我有很长一段时间在香港一所大学工作，每隔一两个月回来看看米奇。那一次，我由香港返回家中几天后的一个中午，门铃响过，同学又带来了米奇挨留、老师有请的消息。其实我了解，已经五年级的米奇不再是小淘气了。我匆匆赶去见到了时任班主任，她很年轻，看上去很美。老师没有让米奇待在身边，打过招呼，我平静地自己搬过一把椅子，坐在老师对面。看出老师有点忐忑，我等着谈话的开始，老师从讲桌抽屉中抽出一张成绩单给我看，米奇数学 49 分。然后义正词严地说，米奇学习成绩下降，需家长配合改进。第二个问题，体育室内课上米奇又笑了，影响了课堂纪律，所以罚米奇离开课堂。我微笑着表示，等我了解一下情况再来与她讨论如何配合的问题。我离开教师，在操场上找到满腹心事默默踱步的儿子，在他的眼中，我读到了愤怒。我带着米奇找到附近一家餐厅，坐下后用美味平息一下心情后，第一次在母子间进行了成年人式的长谈。关于 49 分的数学成绩，米奇告诉我那只是分两次考试其中一次的成绩，每次 50 分；另一次考试因参加合唱团的演出错过了，老师是知道的。关于体育课的事情，纯属班主任小题大做。米奇知道老师喜欢礼物，礼物可以换来老师的照顾，但是米奇明确表示，如果为了换来老师的欢颜而送礼，他会看不起妈妈。在那一时刻，我即做出决定，带米奇远走他乡，让他在文明纯净与公平的环境中愉快地成长。但愿米奇在故乡的最后一位班主任是由于粗心才找我谈孩子的成绩问题，但愿她也是因为一时心情不好才把米奇驱出课堂。衷心地感谢她促使我做出最有利于米奇健康成长的决定。

为了能够把米奇带在身边，我只能谢绝香港还有美国等科研机构提供给我的工作机会，接下了南非纳塔尔工学院工业过程研究中心投来的橄榄枝。Bajic 教授向我承诺，由他为我和孩子安排最适合的生活环境，并由他为米奇安排最好的学校。

神秘莫测的南非德班在向第一次走出国门的米奇招手，那年，米奇 11 岁。

南非的日子

一

与以往出国访问不同，此次由于母子同行，考虑到行李限重，每一件物品我都要反复掂量才放入行李箱中。地球南部的南非德班地处印度洋沿岸，离赤道很近，没有冬季，米奇春秋夏装不占多少分量。书一定要备足，我一直认为，几年后我们会回到故乡，小学五年级的米奇很快要上中学，所以我把初一到高三的数理化教材全部带上；米奇喜欢研究历史，那两大本《上下五千年》也一定要带上；还有《新华字典》也是必不可少的，这些全部装进箱中已经快超重了，我只好把自己的衣物用品一减再减。两只装满的大号皮箱摆在门边。出发的时刻到了。

米奇换下镶嵌着米老鼠的可爱的小童装，换上深绿色的夹克、牛仔裤、白色旅行鞋，身背小背包，里面装着他随身要用的衣物、玩具还有路上要看的书，看上去就像一个从容的旅行家。他从心底里知道，离开故乡后他不再是一个顽童，没有爸爸在身边，他就是家里的男人，应该是妈妈的保护神了。

离家之前，我曾怀着满心的忐忑，潜意识中期待着南非大使馆为我们母子发回拒签的护照，我就可以心安理得地放弃浪迹天涯之旅了。当收到装着两本带有签证的护照大信封的那一刻，我几乎陷入黑洞洞的大坑，短时间完全迷失了一向沉着冷静的自我。我紧紧关上门，盘腿坐在家中柔软的大床中央，闭上眼，希望勇气和力量占据我全部的灵魂，然而，眼中流出的却是对故乡对亲人无比留恋的泪。还有，就是心中对将要进行的莫测之旅挥之不去的极度胆怯。我告诉自己，箭已上弦，弓已拉满，只有前行。从下床站在地上那一刻，娇娇女的我从此在地球上消失了。

首都国际机场，米奇，那个只有我肩膀高的小男子汉回过头来，向爸爸挥手告别，在爸爸突然扭回头的瞬间，他第一次看见了爸爸眼里的泪。

走出南非德班机场，一股清新的海风袭来，这是南半球的冬天，气候宜人，抬头看看天，米奇第一次发现天原来还能是这种蓝色，就像画笔涂上的油彩，浓浓欲滴的样子。

第一次见到近两米高、满脸胡须的塞尔维亚人 Bajic 伯伯，似乎他是我们多年未见的老朋友。后来，我们和他的家人一起叫他乌拉德。乌拉德非常细心周到，他把我们的家安置在研究中心大楼旁边的一所公寓中。为了增加我们的安全感，他提前把来自国内浙江大学的沙道航博士安排在同一所公寓。走进我们的新家，米奇没有感到任何不适。洗去风尘，换上一身红色柔软的绒衣，视察了家中的各个角落。我们的小房间、外面的小客厅，爬上酒吧凳，脚离地很远。浴室中洁白的浴缸，亮闪闪的穿衣镜……

接下来去超市购买生活给养，那里琳琅满目的新奇食品和用品让米奇不时发出惊叹。奇怪的生肉大饼烤在火上吱吱作响后，扑鼻的香气随之而来。米奇站在那里遐想后，把一盒红生生的肉饼放入购物车里。看那粗壮的生香肠，买回家去烤熟，切成片与绿莹莹的生菜、红艳艳的番茄以及几圈白净的洋葱一起，夹在长面包中，再挤进嫩黄的芥末酱，很能激起食欲。我讲解着，把香肠和一些青菜放入车中，饱含着对新口味的期待，米奇的头不停地点着。还有牛奶，一定要买 4 升装的大桶。在轰轰作响的榨汁机前，米奇好奇地看着新鲜的橙子骨碌碌地滚入大漏斗，下面的水管流出令人垂涎的橙色汁液，随之，一桶橙汁放进了车中。米奇还从没品尝过这么新鲜的橙汁呢！还有硕大的红脸蛋儿的绿色芒果，那不是街道两边的树上长满的果实吗？很快，购物车满了。随行的沙叔叔帮忙，把大堆食品搬回了家，摆满了冰箱。

德班街头的人不是很多，到了下午 4 点钟，基本上就没有人迹了。听说不久前，这里还实行黑人白人走不同道路的习惯呢。米奇在饱吃了一顿现烤的南非牛肉肠后，倒头便睡，他真累了。夜，在遥远的南半球，伴随着印度洋的涛声，在清新的空气中，我也睡得很沉很沉。

二

清晨，第一声鸟鸣把我从梦中叫醒，屏住呼吸再听，这只鸟的个头肯定不小，也许是鸟妈妈在呼唤它的孩子们起床。我拉开窗上的纱帘，看到屹立在墙头的长着大尖嘴的鸟，在国内，这种鸟只有在动物园才能看得到。蜿蜒的墙上画满涂鸦，那涂鸦大多是让人恶心的大肉虫。后来我发现，在这里大虫子随处可见。当地人把这东西看成能与宠物相媲美的图腾。

乌拉德伯伯开车载着我们去了米奇的学校 Parkview 小学。见了校长，那是一个长着黑胡须的白人。他带我们参观了校园，除了一圈很典型的南非风格的水泥校舍外，还有一望无际的绿茵场，一片绿色让米奇笑眯了眼。隔窗向教室张望，桌椅居然像幼儿园一样围成圆圈，每位同学轮流走进圆圈演讲，一个看上去有点阿拉伯血统的棕色皮肤的小女孩正在说着什么，看上去她有点羞涩，但还是在努力地表达着演讲的主题，她好像在用本地语讲话，我听不懂。看来，米奇将要面临的考验不仅仅是令他头痛的英语了。我看得出，这里有很不同于中国的教育方法，这里培养每一个学生具有良好的沟通能力和心理上的高度自信。看着这情景，我心中窃喜，这正是我期待的儿童教育的氛围。

校长很耐心地介绍了学校的情况，并给米奇选课提出了很多好的建议。由于这里是荷兰殖民地，荷兰语是官方语言，所以，本地学生把荷兰语作为外语选读，鉴于米奇不会在南非长期生活，作为外语，建议米奇选学法语。而一直让米奇考试头痛的英语，居然被作为米奇的母语来识别了，这就是说，不管米奇愿不愿意，他必须尽快渡过语言关，用英语来学习和生活了。由于原住民讲祖鲁语，所以，就像中国小学的语文课，祖鲁语是必修课，米奇必须学习这种奇奇怪怪的语言。考虑南东半球季节相差半年，所以米奇进入六年级第二学期学习，也就是说米奇跳了半个年级。

一切就绪，米奇在南非开始了他的学习生活。

伴随着新生活的到来，我开始像上足了发条的机器人，开始了有规律的忙碌。

清晨，窗外的大鸟吼叫的时间和钟表一样准，当晨曦初露的时刻，我翻身起床，准备好早餐，叫起米奇，他使劲睁着发涩的眼睛，穿上精神的校服：白色衬衫，斜蓝条领带，灰色背带短裤，蓝色镶白边的高筒袜，黑色皮鞋，灰色战斗帽。因为是冬季，白衬衫上再套上一件湖蓝色鸡心领毛衣。背包也是统一配发的，色彩非常协调。穿上校服的米奇看上去像极了活跃在非洲丛林的童子军。饮食结构也与故乡完全不同，每天基本就是半成品的肉制品及面包，用烤箱加工一下，还有新鲜的橙汁，一杯牛奶。开始，米奇吃起来像过年，没过多久，就深切地怀念起家乡的豆浆油条馅儿饼了。

米奇的学校离家有段距离，我每天送他步行去学校。他的同学黑白孩子大约各占一半。很快，米奇就有了新朋友，那个长着白白牙齿黑黑的迷你小男生。米奇下课和他一起玩玻璃球，也开始大声叫着“Hi，man，great! ”。

进入南非的学校不久，我又被校长找去，我以为米奇又犯了淘气的错误，准备说在中国老师面前同样的话。没想到，校长对我提出的问题是米奇上课时为什么不快乐地和大家一起笑一起说话。我很吃惊中国以外的小学教育方法与中国完全是逆行的。我非常喜欢这里的教育方法，学校完全平等地给每一个学生充分表演的机会，以此激发蕴涵在孩子身上的巨大潜能。我对校长解释，米奇不活跃的主要原因是语言障碍，因为米奇的母语是中文而不是英文，我诚恳地拜托学校配合我帮助米奇尽快渡过语言难关。学校很负责任地认真做了安排，业余时间还为米奇找了一位英文教师，专门辅导英文口语对话。很快，米奇的英文口语听力已经达到学习无障碍的程度。

学校在周一清晨课前总要召集全校师生大会，每次都会有不同的演讲内容，在米奇入学5个月以后的中国春节，学校安排他在早课中演讲，介绍中国的春节。这是米奇第一次用非母语的英语当众演讲，并获得了老师和同学们热情鼓励的掌声。从此，米奇恢复了他快乐开朗的天性。

在很短的时间里，米奇完全找到了对新生活的感觉，他开始适应新的生活节奏，并以完全不同以往的思维处理属于他自己世界中的一切。与米奇不同，在一个完全陌生的国度，带着幼小的孩子生活和工作，对我来说面临着很大的心理和生理的挑战，我时刻担心着可能出现的任何意外，时刻担心着米奇的安全。夏季来临，每天送他去学校后，太阳已经高挂在湛蓝的天空，顶着赤道的太阳，我自己再走到研究中心工作。在所有晴朗的日子，在太阳下漫步，会有要被烤焦的感觉，我走得很急，汗水顺着束起的长发梢流到衣服上，肩和背紧贴着湿透的衣服，很不舒服。我每次匆匆走进凉爽的研究中心大楼时，都会感到身上的水分已被蒸干，再也流不出更多的汗了。为了减少在太阳下暴晒的时间，我发现了一条近路，小巷子里很幽静，在一片茅草遮挡的草棚下总有一群无所事事的长着黑又亮皮肤的女人。一天，居然有一个高大的黑人女性突然向我冲来，她张着长满白牙的大嘴向我奇怪地笑着，那笑恐怖极了，我不顾一切地撒腿就跑，人在逃命时爆发力空前强大，后面的怪物，追着时发出诸如“心肝宝贝”之类的怪叫。还好，长着磨盘一样大屁股的女人很快被我远远地甩在了后面。原来，我超的近路是女同性恋的聚居地，人家来追，是看上你了不是？那条近路是不能走了。为了防晒，我买来一把黄色超大伞，看上去比中国夏天街边卖冰棍儿的老太太用的还大。每天送米奇的路上太阳还没升高，我就像扛枪一样扛着我的大黄伞，回来的路上两手撑着大伞，伞下可以感受到不远处印度洋吹来的清风，很爽。米奇不止一次说我在出洋相，但为了妈妈不被晒成肉干，出点洋相又算得了什么。就这样，我们母子二人每天都带着醒目的大伞行走在德班空荡荡的马路上，直到我们离开那里。离开时，把那大黄伞送给了米奇的乌拉德伯伯留作纪念。

三

德班是美丽的，也是危险的。刚刚到来的时候，我们对潜伏在周边的危机一无所知，尽情陶醉于美丽的异国风情。我们喜欢去印度洋海滩散步，在那里，花一点钱买一纸袋鸟食喂鸽子，米奇很享受被鸽子们簇拥的感觉。在那里，我们认识了来自台湾的一家三口。那家的先生身材矮小，但很有气场很有风度，夫人很温柔美丽，他们的女儿丹妮比米奇大几岁，已经开始为将来去医学院学习进行先期准备了。全球的华人都具有望子成龙情结，习惯于在孩子很小就精心为孩子的未来进行设计，安排并付诸行动。望子成龙的动因对港台人而言，光宗耀祖者为多，对大陆人而言，则多为养儿防老，仰仗孩子的成功获得富足体面的晚年。我更欣赏西方人的理念，就是孩子由父母带到世界，父母完成监护抚育责任后，孩子必须自己完成对未来生活的选择。我期待的是孩子的未来轻松而快活，我的责任就是哺育他长大，教会他生存能力和学习方法。说远了。

在美丽的海滩上，我们与丹妮一家在微风中喝茶、聊天。从那以后，我们成了经常往来的好朋友。从丹妮父母那里我们知道，我和孩子在非节假日及人迹稀少时来海滨散步是非常危险的。海滨发生过多起强抢事件，这里的黑人强盗有个比抢劫更坏的习惯，就是抢完钱物还要扎你一刀，而且他们的刀尖上多会有艾滋病毒。消除种族隔离后，社会治安极度恶化，近期来，这里留学的华人孩子身边大多备有护身武器，很多孩子走到哪里都拎着棒球棒。我们还知道了，这里的黑人中有百分之二十是艾滋病带菌者，很多婴儿一出生就从母体中继承了这置人于死地的病毒。所有这些，听得我毛骨悚然。从那以后，我再也没带米奇去海滨沙滩散过步。并且，停止米奇在学校的体育课，因为那里的体育课除了游泳就是在操场上踢球，而且踢球不允许穿鞋。我很担心米奇划伤脚，或在与身上有伤口的艾滋带菌同学泡在同一个游泳池中。其实在南非，艾滋病并不是黑人的专利，我们曾亲眼见过病入膏肓的白人艾滋病患者。我和米奇在不了解这里的危险之前，经常晚饭后在家周围散步，在公寓墙角处，经常有个面相很英俊的年轻人倚着墙坐在那里，每次见到我们走过都会很友善地和我们打招呼，他总是孤独地呆坐在那里，不知他有没有家、什么时候回家，当我们知道此地艾滋泛滥的事情后，我仔细观察过他的脸，消瘦的脸上已经开始大面积溃烂，这表明，他的生命已经倒计时了。他肯定已被家庭抛弃。我不知如何帮他，也的确帮不了他，包括死亡前在他身边稍加陪伴，因为我要考虑身边孩子的健康。自从看到他可怕的溃烂伤口，我再也没有和米奇从那里走过，我担心孩子这么小就目击可怕的死亡。但在印度洋发威的风雨之夜，我不止一次地想象着艾滋青年的命运。很多年后，作为临床医学的实习医生米奇说起那时的情况，觉得的确是有些草木皆兵般的过度紧张了，除了性接触以外，艾滋病毒传播的概率非常小。想起当年我看着他手背上被蚊子咬起了包都会紧张得睡不着觉的情景，成年后的米奇想起当年我为他的健康成长付出的心血，即便由衷地感恩却也不能包含他的全部内心的感受。

刚刚来南非的时候，我们无论面对什么人种都以极度的友善相处，但事实上，这个经过长期种族隔离的国家各人种和民族间的关系是我们所陌生的。社会贫富差距巨大到令人吃惊的程度。黑人贫民住在郊外的铁皮屋中，无法想象赤道烈日烘烤下的屋内会是怎样的情景。黑人劳动力很便宜，白人家庭一般都雇用不止一位仆人。每位仆人的劳动所得只可以达到吃面包度日的程度，这已经是很好了。仆人们在一起经常交流偷窃主人家钱财的经验，不以为耻反以为荣，形成一种奇特的意识形态。在消除种族隔离后黑人登上了政府管理舞台，那时政府大部分管理者很快都换上黑人，很多国家政策都倾向于黑人，大学也不例外，排挤白人的事件屡屡发生。曾有一位在南非生活多年、已把南非看作自己家园的白人教授，为了对所遭遇的不公表达不满，在圣诞之夜悬梁自尽。越来越多的白人选择离开了祖辈生活的南非。我们亲眼看见街上黑色贵族们拥挤在豪车中，大喊着展示着当家做主的喜悦。种族矛盾的惯性不可避免地延续着。

不久后的一天，我接米奇放学回到实验室，发现他的小脸脏得就像小花猫的脸，他像是哭过，白色衬衫也沾满泥痕。乌拉德伯伯也发现了异常，走过来和我一起对米奇进行了询问。米奇以大人的口吻说，不用担心，是遇到了麻烦，我自己已经全部处理好了。在我们的坚持询问下，他说出了事情的全部。原来，自从米奇入学，有一个黑人同学一直欺负他，每次早课，坐在米奇后面总是用穿着皮鞋的脚踢他，多次警告未果。这天早课，米奇终于忍无可忍，把这个同学拽出课堂，有生以来第一次对同学拳打脚踢，由于愤怒，泪也随着拳头同时落下。同学们都围着观看，老师和校长也远远站着默不作声地看着，由着米奇发泄满腔愤怒。白人学生为米奇喝彩加油，就在那一时刻，米奇成了他们的英雄。老师们认为差不多时，上前把挨打的黑人学生带到办公室继续批评处理。而米奇却没有因为打架被校方询问。学校的老师校长全部是白人，米奇在白人的世界中得到了保护和偏袒。这也是曼德拉政权消除种族隔离后不久的南非现状，可想而知在种族隔离中的状况会是怎样。从这件事上，我第一次感到米奇长大了，在遇到问题时没有像小娃娃一样回家哭诉，而是敢作敢当地以自己的方式了结，他身上已经现出强大男人的特质。同时我也感到，作为他的监护人和灵魂的启蒙者，我引导他如何做人的责任更加重大，并迫在眉睫。

四

南非神奇的气候、山水和土地，养育出许多奇花异草和鱼虫鸟兽。米奇在这里尽情地拥抱自然，见证这里奇怪的闻所未闻见所未见。在一个凉风习习的傍晚，一只长着蜻蜓翅膀的昆虫从微风吹起的白色纱帘间飞入室内，没等我们向外轰赶，又有数只飞入。我朝窗外张望，暮色中的院落笼罩着一片白雾，定睛细看，哪里是雾，分明是扇动着大翅膀的昆虫铺天盖地地涌来，密度之大，一眼望去好似一片白雾。我急中生智决定立刻关上所有的窗，否则，我们会被涌进来的东西生吞活剥了。我一声令下，米奇和我分头行动，跳上椅子，迎着扑面的飞虫很快关上所有的窗。转过来把飞进来的虫抓住研究，原来是长出大翅膀的大号黑蚂蚁。每年同期，是蚂蚁王国两性交配的盛大节日，交配后的公蚁长出翅膀飞上天空完成生命最后的辉煌，然后跌落地面，结束短暂的一生，它们的后代将在它们死后降生。非洲的蚂蚁居然有这么强的组织纪律性，结婚怀孕生孩子统一管理也就算了，死还要整齐划一，身着盛装狂欢后同时死去。

第二天清晨，我拉开窗帘向外一看，院子里的地面上一片白，铺满厚厚一层透明的蚂蚁翅膀，它们黑色的微不足道的遗体已经与美丽的翅膀分离，安然地融入黑色的泥土里。负责打扫公寓的老黑人，手拿大扫把慢悠悠地把翅膀扫在一起，居然堆出井盖大的一堆，在升起的太阳照耀下，那些翅膀闪闪发光，像是无数已经故去的幽灵在向隐藏于地下的蚁后致以最后的问候。

在路上，我们曾见过慢吞吞爬行的拳头大的蜗牛遭到一大群蚂蚁的包围，只几分钟，蚂蚁便散去，我们看到被攻击后的蜗牛只剩下空壳和地上那爬来途中留下的一道湿痕。大黑蚂蚁擅长有组织的行动，还有一种能置人死地的单独攻击型小蚂蚁，它口里毒液的威力我亲自领教过。一只爬进我裤腿的小黑蚂蚁，只咬我一口，那剧痛便令我终生难忘，若是小动物被这种毒蚂蚁咬上，也许会一命呜呼。还有那让我们胆战心惊的巨型蟑螂，大到像我脑后的大发卡，同样大的标本，我的手掌上最多放得下两只。在我们公寓的房间里曾经两次出现过巨型蟑螂。吓得我手脚冰凉，束手无策。作为小男人，米奇勇敢地把我推向身后，然后抓起大可乐瓶对准就打，看他的小脸紧张得有些发白，手也在发抖，总是打偏，结果还是让大蟑螂逃掉了。最后，还是我们去超市买来的强力杀虫药彻底解决了蟑螂问题。

南非的很多奇特的景观让我们大开眼界，在那里我们经历了最炎热的三伏天圣诞。东西半球的严冬是南半球的盛夏。在圣诞的季节，除了天气，一切都与白雪皑皑的西方相同，电视中披着皮袍的白胡子圣诞老人端坐在大椅子中，给穿着短衣短裤的小朋友发放礼物，看着并不感觉温馨美好，我们只是希望那白胡子老人早点沐浴更衣，免得大汗淋漓中暑昏迷在台上。在那炎热的天气里，即便耳边响起悦耳的“铃儿响叮当”，看着屏幕上雪地奔跑的鹿拉着雪橇，也不会心生圣诞的安宁情愫和感觉，有的只是对印度洋吹来清风的渴望。邻居的白人们，在圣诞夜里的狂欢通宵达旦，因炎热而烦躁不安的我们，在晨曦初露未眠时终于忍无可忍，我把头伸出窗外，对着他们大喊，安静！我们要睡觉！

我家附近有一片美丽的树林，那里的树木造型美得让我们感到不真实，但那奇特的造型真真切切不是人工雕琢而成的。那巨大的树匍匐着，地下只留下很小的空间，就连米奇都得躬下腰来才能勉强站在树下，而那树之大，每一个树枝米奇坐上都不会断。那长满枝叶的树匍匐着向前探着身躯。在米奇 12 岁生日的那一天，我们用背包装满美味，在这大树的庇荫下，听着旁边小溪的潺潺流水，看着并不回避我们的那只美丽无比的红色的鸟在小溪间的石头上和水草间跳来跳去，就这样，在没有任何人类干扰的大自然中，依偎在妈妈的身边，米奇度过了他离开故乡的第一个生日。12 岁了。

五

乌拉德的家坐落在密林中，那是一座经常有熊和各种野兽光顾的房子，周围没有什么邻居。为了安全，他们家养了两条硕大的狗守门。米奇喜欢坐在他们家客厅的大皮沙发中，观看墙上吊着的电视播放卫星接收的世界各地的节目。波黑战场的硝烟正弥漫在乌拉德的故乡塞尔维亚，他在战场中带领全家来到南非的密林中。刚来时，这位在故乡已经享有盛誉的控制理论著名教授，为了生计，到南非后曾做过花匠和园丁。南非学术界很快发现了他，由他在纳塔工学院组建起工业过程控制研究中心，研究重点在于解决非线性控制问题。后来，乌拉德成了南非控制理论的首席教授。米奇非常佩服乌拉德为了保卫家人体现出的勇气，敬仰他的智慧，正是他的果敢，他的儿子小乌拉德受到了良好的教育，也成为活跃在国际学术界的著名教授。米奇成了乌拉德的忘年交。乌拉德喜欢对米奇讲起故乡的故事，米奇很投入地观看波黑战况，分析形势发展走向。由于乌拉德的缘故，米奇对波黑战事一直密切跟踪，直到前南斯拉夫分裂成 7 个共和国并且稳定 15 年后，我和米奇一道，专程去了好朋友的故乡，游览了和平美好的克罗地亚等几个共和国。我们共同为好朋友的一家感到欣慰。

我们到南非不久，乌拉德主持召开了国际非线性控制学术会议，研究中心全体人员投入到会议筹备的工作中。那些日子我们日夜加班，编辑学术论文集并进行与会议有关的筹备工作。米奇放学后就在研究中心的一个不起眼的角落中，除了看书和完成作业，其余时间就用实验室的各种螺钉螺母布阵，展开两军大战，口中时而发出飞机大炮的声响，他玩儿得是那样开心投入。看到孩童时代的孩子自己用不起眼的螺钉打发着本应该是丰富多彩的生活，我心中有一种说不出的滋味。于是，带领米奇去超市选购了几套心仪的玩具，那些玩具在当时的条件下对我来说是昂贵的，对任何儿童也是奢侈的，但是我认为，米奇的幸福童年一刻千金，与此相比，一切都是微不足道的。

乌拉德主持的国际会议如期举行。米奇作为正式嘉宾参加了会议的所有活动。他戴上小眼镜，穿戴齐整每天准时赴会。日本机器人著名教授福库塔的报告时，米奇坐在头排，报告中那迷你会飞的小苍蝇、神气活现的机器人猴子，深深吸引了少年米奇。报告后，米奇以与会者的身份坐在福库塔教授的身旁共进午餐，很小大人儿地提出各种问题。那次报告使米奇对有趣的工程科学领域的研究发生了兴趣，无疑，它成为日后米奇学术研究的启蒙。

在南非的岁月，米奇似乎没有感觉到孤独。我们有幸结识了与米奇同龄的华裔小伙伴徐钰及他们一家。徐爸爸是德班大学数学教授，美丽的徐妈妈是专职太太，还有他肉乎乎可爱的小弟弟。徐钰的淘气程度远胜米奇，他们俩曾躲在屋里为了得到窗前那棵芒果树枝上吊着的熟透果实把行李绳缠在米奇腰上，由米奇从窗口跳下，一跃摘下芒果，徐钰在屋里已经拉住绳子一头，米奇正在运气出发，幸亏我发现得及时，避免了一场极其危险的跳楼游戏。善良的徐家在各方面都关怀照顾着我们，假日去野生动物园也不忘带上我们。在有几分拥挤的车里，我们第一次饱览了非洲大草原的迷人风光，亲眼看到大群长颈鹿悠然自得地在眼前走过，第一次近距离地看到了斑马身上绸缎样的皮肤上的美丽花纹，第一次看到一大群麋鹿奔跑时健美的身姿……许许多多可贵的第一次。与徐家一道，我们还去了非洲大峡谷。米奇手拿望远镜站在雾气缭绕深不见底的大峡谷边缘向远处瞭望的画面，一直清晰地印在我的脑海中。很多年过去了，我一直与徐教授夫妇和 Bajic 教授保持着联系。徐教授和乌拉德在我们离开南非不久后，也先后离开了那里，徐教授现在台湾中山大学担任数学系资深教授兼系主任；乌拉德先去了新加坡的一个研究所，现在沙特阿卜杜拉国王大学担任控制研究中心主任。小伙伴徐钰在美国斯坦福大学获得博士学位，继承父业，成了数学家。在成长的岁月里帮助过我们的朋友们，米奇和我一直怀着感恩之心，牢牢铭记在心灵深处。

在南非生活着一些华人，他们大部分从事贸易工作。所谓贸易，在当时也就在自由市场上设个摊位，卖一些小商品。在我们生活的德班，华人经常聚在一起活动，我们仅仅参加过一次这样的活动。活动中，我们感受到一些华人之间的关系并不友善，他们背井离乡，却没有想到一定要精诚团结、彼此关照。从此，我们带着对他们未来命运的担忧，远离了这个群体。

除了学校，大部分时间我们都是母子二人一起度过的，为了米奇的生活丰富而有趣味，在周末，我和他一起去空无一人的绿茵场踢球，他射门，我当守门员。满头大汗地回家，清洗干净后，我们会缩在沙发中看每周一次的连续剧《Walker》。记得那是一个满脸胡须并不英俊的警长，他勇敢而忠于职守，在没有娱乐的南非，我们对那样乏味的剧情居然看得津津有味，一场不落。

没有太多的干扰，米奇把从国内带来的数理化教材当作课外读物来读，读着读着就全会了，不到半年就把初中数理化全部消化了。他问我，初中的课程需要 3 年来完成，还需要老师教，我就这样自学完成了，好像不可能。我只能告诉他，判定会了还是不会有一个标准，就是你是否达到自由。所谓自由，就是在学过的知识范围内，没有难倒你的问题，这就是达到了自由。认识自己很难，大部分人到死都没有认识自己，不知道自己能力有多强，找不到自己能力的上限，这很悲哀。其实认识自己有时也不是很难，这就要能够发现自己能力的上限，敢想，想到的努力做，做到了就说明没达到上限，要继续想、继续做，直到达不到，感到累了、不快乐了就不要再勉强做下去了，上限就在这里。没有谁规定中学课程小学六年级学生不能学呀，更没有人规定初中的课程一定要花3年来学呀？你六年级时用半年学完了初中课程，达到自由了，就往下学好了，永远别往两边看。

在那段时间里，新华字典也快被他翻烂了，那是“文革”后出版的辞典，时代痕迹很浓，米奇看了之后了解到很多他这样大的孩子所不知道的知识，上下五千年的历史也快倒背如流了。乌拉德夫人送他一本外文历史书，他也似懂非懂地看了一遍，他发现中国人写的历史与外国人写的历史是不一样的，差距太大了，他问我哪个是真的？我发现他已经在尝试着自己思考问题了。我当时只能告诉他，一旦书看得多了，就一定能够找到你提出问题的答案。我们之间的谈话在乏味无比的日子里变成了消遣，聊着聊着，我们都会莫名其妙地激动起来。相依为命的感觉使我们越来越像最知心的朋友。

就这样，米奇沐浴着细润无声的知识细雨茁壮地成长着，不论在身体上还是知识上，以及他的思考能力，都在空前地向前飞跃着。

为了米奇安全健康地长大，我申请了移民加拿大，很快绿卡寄来了。那天，米奇像小鸟一样在茸茸的绿草坪上尽情地欢呼着跑着，抬头望着蓝天上飞过的大飞机，憧憬着即将到来的由南半球到西半球的洲际旅行，小脸上挂满幸福的笑。

加拿大，你将给米奇怎样一片更加充满希望的蓝天？

此时，是20世纪最后一个寒冷的冬季，而在非洲却正值炎热的夏天。

在加拿大共同成长

一

飞机在漆黑的夜色中降落在白雪覆盖的加拿大蒙特利尔国际机场。我把自己最后的一件夹克外衣套在身穿夏装的米奇身上，并把他搂在怀中。母子依偎着相互取着暖，踏上了那片洁白的加拿大土地。

在入住新家的第一个晚上，我们下楼去寂静的街道上，踩着吱吱作响的积雪散步，橙黄色的路灯照射下的人行路，衬托着路边高高堆起的

雪墙，我们感觉是在梦里。几天前，还在阳光刺眼、风景优美、奇花奇景的德班为躲避随时可能降临的危险轻易不敢出门，现在则可以大摇大摆地在夜色中散步了。我们感到风景诚可贵，自由价更高。精神上的极度放松，也让我们感到了极度的疲倦。

自从米奇离开故乡，随我开始在世界闯荡，他即开始在颠沛流离的生活中痛苦着，在我的呵护中幸福着，在世界多元文化的熏陶中成长着。我发现他开始沉思，每当他默不作声地站在窗前时，对所有身边的声音和事物一概没有反应。我默默地观察着他，直到有一天他拿来一张写着诗的纸给我看，我才有了答案。他问我知不知道这是谁的诗，我看完后不太肯定地用疑问句说，好像是李白写的吧？米奇大笑，夸奖我是最有文学水准的妈妈，连李白和儿子的诗都分不清。我很惊讶，他，我那才13岁的儿子居然写出了这种具有古典风韵的诗来。更令人匪夷所思的是，他没有任何中国文学熏陶的环境。我，他的工程科学博士妈妈，也与文学没有扯上任何干系。他当时在南非除了一本《新华字典》和两册《上下五千年》，没有任何古典文学训练的条件。有的仅仅是在学校中那可笑的“丝哇木纳”的祖鲁语学习，还有就是入门水平的法文。我不认为他是李白转世，他写诗的原因也许是幼年看了太多的书，究竟看了多少我不知道，反正他的购书狂爸爸把我们俩当时的大部分的收入都买了书，其中不乏很有深度的文学、古典文学作品。我的英明就在于给他买来那本大字典。其实，我的初衷是让我从繁重的讲书劳动中解放出来，以便有更多的时间投入到实验室的研究中，不曾想，阴差阳错地造就了少年诗人米奇。书给予他丰富的语言基础，经历的风风雨雨，使他产生了独特的思维，于是，诗在他少年的情怀中不可抑制地喷涌出来。但是，从米奇的诗中我读出了他过早地对世态炎凉的感悟，为此我感到十分心痛。但我为他拥有最珍贵的财富——思想者的能力而由衷地欣慰。他的少年诗集在文字和功底上虽然稚嫩，但却可以清晰地折射出他思想的脉络。从他的诗中，我感受出他的坚强。

很久以来我一直有一个强烈的渴望，能够有时间为米奇少年时代的诗集做点什么，由于奔忙而一拖再拖，那么就在这里把他的这些诗融入其中吧。

初来加拿大的日子里，一切都处于动荡状态，米奇先进入布朗森家附近的一所学校，因为南、西半球相差半年，所以无疑，米奇又超前了半年，加上在南非上学时东、南半球的半年超前，米奇等于跳级一年。其实按当时米奇学习上的进展，他已经自学完成了全部初中的课程，我并没有让他直接进入高中，因为我希望米奇与同龄的孩子一起长大，充分享受童年的快乐，和正常孩子有同样的心智发育过程。

学校离家不远，在寒冷的陌生的环境里，每天只与妈妈朝夕相处，米奇不可回避地又一次遭遇了内心中极大的孤独，思乡情怀使他的情绪一度低落到极点。于是写下了如下诗篇。

思雪蹄印

1999 年末（米奇 13 岁所作）

注：该诗描述了随母由烈日炎炎的盛夏非洲来到风雪弥漫的北美大地后，在与母相依为命孤立无助中渴望拥有温暖的家的心境。

冰雪纷飞封万里，
银花万点路人迷。
炉火内旺暖人衣，
此境谁愿与家离？
飞雪漫天路无影，

内心微怜行人凄。
万里入眼愁上心，
如何不杯酒叹息？

天地何止千里远，
万物归一云且聚。
唯眼独见孤一骑，
衣旧已过几朝夕？
暖酒空住有无异，
何不出手让数滴。
心知非为话一席，
君已落此有何疑？

在米奇的学校里，有一些由波黑战乱中逃出难民的孩子，这些经历过战火的少年进入完全陌生的环境，由于不适应而产生很多心理问题，孤独、自卑导致的自闭症的患儿大有人在。刚刚来自南非的米奇因为乌拉德的缘故，对来自波黑地区的同学有一种天然的亲近，于是他很快就有了同为新移民的波黑朋友。在任何国家的校园中，阴暗的东西总是不可避免的，同学中有个别人总是想方设法要从欺负米奇中获取乐趣，这次米奇没有动手还击，只是在忍无可忍中把手中的尺抛了出去，结果换来学校给予停止上学一天的处分。为了维护孩子的利益，我去学校见了校长，对学校不仅没有保护新生不受伤害，反而不公正地对受欺负的孩子进行处罚提出我的抗议。其实我知道这是无济于事的，但我想用我的行动让孩子感到妈妈就是他的强大靠山，他没有错。回家后，我和米奇就像朋友一样坐下来分析在一个新的陌生国度，如何有效地保护自己，如何为自己获得好的生存空间。我们彼此鼓励加油！一切都会越来越好。

白天，米奇上学后，我去市中心图书馆，在那里，每天每人可以免费使用一个小时的互联网，我在努力寻找工作，我的责任很重，我必须把生活稳定下来，从根本上切断米奇忧虑心焦的源头，让他尽快获得一个温暖稳定的家。一个小时很快过去，那时网络不太发达，只能通过邮件发送求职信息，发出的申请大多泥牛入海，没了下文。每天结束网络搜寻，我就去图书馆抱回很多书，在布朗森大道的小楼上，很简单的客厅被布置成学习室，我和米奇忙着各自的事情，读着各自的书。那时，米奇读书有感写下《国秋 》等诗。

国 秋

2000 年 9 月（米奇 14 岁所作）

注：米奇开始为华夏民族兴衰担忧。

捷报连连跃千涧，
为吾忧忧此无断。
华夏九州再荡波，
中土华乌雾终散。
水火一发泛千里，
无人可力止徒然。
豪情尽括万里疆，
何愁无处展世间。

黄鹤楼名赞

2000年初（米奇14岁所作）

明日月之清风，
吞山河之气脉。
吟千古绝曲，
醉人何奈也！
隐盖世之名，括后世之象。
既觉继千载之缘，又寻不见则闻之故。
楼似苍松，雁聚成青天。
如此胜景，更有何过之？

为了提高求职效率，我从一家组装电脑的小店买回一台组装机，在家里安装了互联网。至此，我可以全天候地在家为寻找工作而战了。事情出乎意料地顺利。我很快就与西安大略大学化工过程研究中心 Jutan 教授取得了联系，他非常欢迎我去他那里工作，希望我前去面试。我告诉他我身边有个未成年的孩子，因他每天上学，我不方便离开，能否免去面试环节。曾在南非工作的 Jutan 教授非常善解人意地同意了我的请求。于是，我们立刻开始打点行装，准备搬家到加拿大中部的西安大略大学所在地伦敦。

仅仅在美丽的渥太华停留了两个多月，米奇刚刚认识了这里的新同学就要离开，去另一个陌生的城市，米奇和我同时感到了极大的不安。

二

告别了渥太华，在多伦多机场，我们使出全身的力气把一大堆行李取出并托到去安大略伦敦的车站。多伦多机场的警察无视我们的窘境并拒绝伸出援手，为此，这座城市给我们留下了之后很多年都摆脱不开的坏印象。到了伦敦的遭遇就更加凄惨，我们乘计程车去了西安大略大学附近一个叫黄房子的公寓，Jutan 教授安排他的学生为我们找的房子就在那里。我们去了才知道，那是套破旧肮脏的公寓，没有任何家具，地上铺着薄薄的地板革，上面沾满黏糊糊的污迹。也许帮我找房子的学生是出于好心，认为那是价格诱人的遮风挡雨之处，那时的留学生都不是富二代，寒门子弟在国外留学，衣食住行上讲究便宜就是王道。我看着这样的公寓，想着若住进去就必须签下一年的合同，这里实在不适合米奇健康成长。于是，我们没有从计程车上卸下行李，而是请女司机把我们载到旅店住下再说。女司机把我们送到了市中心街角的一家小店，楼下是酒吧，楼上可以住店，我和米奇要了两个很小的房间。结果，到了晚上，我们看到酒吧里来了很多狂野型男人，我们紧张地挤在一间屋里，守着一堆行李，在楼下那群疯狂的酒客震耳欲聋的狂欢声中度过了来伦敦后的第一个不眠之夜。

第二天，我与 Jutan 教授通了电话，很快，化工系杰西教授开着车把我们接到一栋白色的公寓住下。那是他的一位女研究生的公寓，女研究生在外出实习期间转租给我们暂住，解决了我们的燃眉之急。

暂住期满，我们住进了同一公寓的五楼，一套两室一厅的公寓。如此，生活算是基本稳定下来了。米奇也进入附近的学校，在这座有 30 万人口的大学城开始了又一段新的生活。

由于生活高度不稳定，精神压力巨大，我的眼睛患上急性虹膜炎。红兔子一样的眼睛阵阵刺痛，带得整个头剧痛，便去医院做了紧急处理。在治疗过程中，有时检查需要散瞳，散瞳后本来已经很坏的视力就更加模糊了。每次检查治疗后，米奇都会把他的太阳帽抵扣在我的头上遮住眼睛，然后牵着我的手去乘公交车。他像拉盲人走路一样，嘴里说着：小心抬脚，好，走。每天清晨是视力最糟糕的时段。我被闹钟叫醒，睁眼看看周围，全然一片白色。我摸着下地，摸着找门，摸着为米奇做早餐。我知道，身边只有母亲的孩子是极度缺乏安全感的，为了避免他的紧张，我会装出很正常的样子看着他吃完饭出门上学。我心中默默祈求好运降临，让我的眼疾早日痊愈。上帝保佑，我的眼睛总算康复了。

在这段时间里，米奇陆续写出反映他心灵感受的诗或词。

雷 雨

2000年6月25日（米奇14岁所作）

注：米奇因我工作的关系，居无定所，先后变换了以祖鲁语、英语和法语为主要交流语言的若干所学校。面对不同的民族、不同的文化理念、信仰及习惯，他在痛苦中勇敢地选择了面对。《雷雨》一诗，以雷雨描述了他一次次的内心挣扎，最后获得解脱的过程。

春雨连绵似绸缎，
霹雳一声惊苍天。
春变节气令人迷，
更增多事使愁烦。
雨停云散风消尽，
落日余晖映影环。
愁烦逐消如天转，
七彩长虹挂眉间。

春夜惊梦

2000 年春（米奇 14 岁所作）

深夜忽惊，闻风拍壁。

狂风呼啸，微分惊异忽。

春候忽变，秋风四起。

婵娟洒地，异亮无可比。

夜路映影，一视千里尽入眼帘，心旷神怡。

凝目圆月，顿数念即起。

夜雾布幔，似纱之网衣。

凄风冷月，更增之寒意。

谓为春夜，待寻凋叶，焉能不见其！

夏　日

2000 年 6 月 19 日（米奇 14 岁所作）

骄阳似灯高悬空，

落日于傍落柳丛，

如画奇景无可比，

待君挥笔述其容。

夏为日消之晚时，

青柳孤望似荧虫。

遥见阳光时现出，

日可谓物呈夏容。
几升几落现其彩，
自古有曰羿弓松。
升时放彩万点光，
落时渐降于中空。

中秋月夜

2000年9月13日（米奇14岁所作）

注：身在异国他乡的米奇在无法入眠的中秋之夜，写出该诗，寄给远在故乡的外婆，聊表对故乡亲人们的思念。

绵雨中秋至，只惜未遇时，
阵阵响雷迎，幕中灯际直。
中秋月圆藏，独望盘饼思。
端视渺夜景，可怜唯吟词。
耳闻霹雳惊，心音有落矢。
中秋催催过，月现处处织。
雨息长夜意，但眠莫思事。
云浅风逐息，雨冲屋渐湿。

心　论

处忧自勉时无意挥

2000年11月25日（米奇14岁所作）

注：米奇不仅要克服举目无亲、远离童年伙伴的巨大心理落差，在异乡还要尽快拥有交流能力。在巨大的压力下他过早成熟了。在遇到问题时，用诗为自己的

心灵进行按摩。

明晨若此消，吾心为更遥。
度日皆为淫，万生众折腰。
此求事莫往，恨事闭终绕。
身非处本乡，却遇同歌谣。
无人慕天绝，但乎永存躁。
世礼非为清，同现俗聚貌。
闭目弹指过，群忧在宗朝。
转时即惊此，声鸣问天高。

旧史曾曰

2000 年（米奇 14 岁所作）

注：米奇 11 岁离开中国时，身边只带了一本《新华字典》和一套历史丛书。这些书对他来说是历史知识的启蒙教材，也是怀念故乡的载体。以后几年中，他把这些书几乎翻烂了，并且陆续读了不同国家出版的英文版的世界通史。

新话于今乐维影，
旧歌脱俗浓飞寻。
墨忽龙城豪气胜，
但笔落胡于塞云。
河东节度望西府，
开元君子飞增竞。
史可辱之不探没，
联犬进京撕咬惊。

这是我保留下来的米奇最后一首用国语写的诗。随着米奇渐渐融入以英文为基础的文化体系，他与故乡文化渐行渐远，对此我深感惋惜。

三

安大略伦敦是一座具有浓郁文化气息的大学城。每天清晨，我和米奇一同走出家门，在他离家不远的学校门前分手，然后，我去大学实验室工作。

在 Jutan 教授的化工过程控制实验室中，到处都连通着炙热的蒸汽和水的管道，这些管道联通着一个精致的反应釜，管道上接有各种各样的阀门，阀门由电动伺服机构开启或关闭，伺服机构连接着来自作为中央控制器的计算机输出输入转换板。这样的真实过程控制实验系统提供着高级控制算法实践检验的条件。我开始找到了如鱼得水的感觉。每天在实验室一坐下来就接通系统，把由我设计的不同的自适应控制算法转换为系统的控制指令。看着阀门在我的智能算法控制下平缓地升起或落下，盯着反应釜中各项指标传感器送进电脑的数据曲线由动荡到趋于平稳，享受着这些最美的画面，我心中暗想，数学的确是美丽的。在空气中回荡着的蒸汽嗞嗞声中，在对美好画面一次次出现的激动中，我度过了美好的实验室时光。我很陶醉于在无窗的实验室中端坐在电脑旁，噼噼啪啪敲击键盘，屏幕上由数学公式和精美曲线构成的文稿从打印机流淌出来。我感到此刻的自己是最具魅力的女神。

每天米奇放学后就直接到我的实验室，他可以在电脑上做他喜欢的任何事。当然，他的很多时间都花在诸如当时盛行的“大富豪”等电子游戏上面。我对米奇放学以后全力以赴地玩儿电子游戏，持不支持也不制止的中立态度，唯一担心的就是他的眼睛，因为当时他已经开始近视。我心中盼望着他玩儿够的那一天早日到来。主观上我也在寻找一切机会把他带进比电子游戏更有趣的境界中。

学校发现了他在数学上具有的特殊的无师自通的悟性，特别安排他去参加一些特殊的课程，以及一些类似于数学竞赛的活动。他对于这些活动好像有些不以为然，还是觉得电子游戏更好玩一些。数学课外活动毕竟占据了他的一些业余时间。为了转移他的电子游戏的注意力，我经常和他在周末去影院看新上映的电影，每次都不忘每人买一大纸桶玉米花。看着电影吃着玉米花，我们的感觉好极了。其实大人也是和小孩一样喜欢玩儿的。

有时，我们周末购物后还喜欢看看购物中心展出的小动物，逛逛宠物商店，看着那些乖巧的狗儿如何在宠物学校被训练成会在便后拉水箱冲水的文明狗。我们还饲养过两只老鼠。买它们时，它们还很年轻，我们为它们买了里面有阁楼有转圈的专用小笼子。回家后，养着养着，我发现它们长得奇快，竟是一对情侣。我担心它们在那里娶妻生子繁衍后代，我家岂不变成了老鼠王国！于是我回到宠物店送回两只长大成年的老鼠，换回两只会唱歌的虎皮鹦鹉。米奇的注意力渐渐从金币哗哗作响的大富豪游戏转移到美好的动物世界。

我专门购买了钓鱼执照，一个成人拥有执照后可以带孩子一起钓鱼。我买齐钓鱼的工具，包括钓竿、水桶和捞鱼的大网。这时我们已经有了自己的汽车。我们经常在周末带上一包用作鱼饵的面包，以及两把室外帆布椅，去柳树成荫的河边。米奇垂钓，我坐在柳树下看有趣的小说，间或用面包喂喂周围成群的大雁。每当米奇高喊妈妈帮忙的时候，我就跑过去用大网帮他把上钩的大鱼捞上来。与我同时跑上去的常常还有在周围散步的一群基督徒老太太，她们总是热情地帮我们摘下大鱼嘴上的钩，再把大鱼放回水中。我们眼睁睁地看着很多好几斤重的大鱼就被活生生地扔回水中。我们的大水桶从没派上过用场。其实，别的钓鱼群体常常把钓上的鱼就地洗干净，然后直接烧烤，香味儿飘得很远。老太太对鱼儿行善也是看对象的，多半是看米奇小，身边就一个文弱的妈妈。终于有一次，周围老太太们不在，河边的林中一片寂静，米奇钓到一条银灰色大鱼，我让米奇别动，保持咬钩的鱼儿在水下，我收拾好家当并放到车里，然后就像做地下工作一样，和米奇一起拖着挂有大鱼的吊钩，到汽车附近的水域将鱼塞进水桶，米奇拎着，钻进汽车。那天晚上，我们的餐桌上多了一大盘清蒸鱼。我们像没有代沟的朋友一样朝朝暮暮地在一起，除了各自的工作和学习，其余的时间我们在一起快活着，幸福着。

渐渐地，米奇的业余生活又增加了新的内容。在逛书店时，我随便给米奇买了一本英文版小说，米奇从此一发不可收拾，每当书一看完，就会像有烟瘾的人将烟吸光了一样，要求去书店看看。他每次都不会空手而归。他看的大部分是文学作品。在初中学习的业余时间中，他读了英文版的《雾都孤儿》《悲惨世界》《基度山伯爵》《教父》等名著，还有托尔斯泰的《安娜·卡列尼娜》和《战争与和平》等。渐渐地，我们的饭桌上变成了他对我讲述名著情节的宣讲台。我们会乐此不疲地对人物的性格、故事情节及结局展开讨论，尽管我少年时读过这些书的中文版，现在发现原版书更有味道。西方文学的精髓渐渐渗透到米奇的灵魂里，他的英文表达愈加丰富多彩。渐渐地，即便是米奇睡梦中的呓语，也是很有绅士风度而又流畅的英文。语言艺术在他日后在学术上的发展和职业中的经历发挥了巨大的作用。

四

在米奇快要进入高中的时候，因我获得了更好的工作机会，我们搬到了魁北克省的蒙特利尔地区。已经稳定的生活又一次进入动荡的过程当中。蒙特利尔地区的官方语言是法语。为了能够使米奇继续英语教育，我在居住地区为他找到了一所带有英文班的高中。魁北克省对外省调来我所在工作单位的科研人员的子女有可以享受一年英文教育的优惠政策，一年以后，必须进入正常法语班。在极度不稳定中，米奇开始了新一轮的挑战。

在以法族人为主体的环境中，我们必须尽快掌握用法文在本地生活和学习的本事。特别是米奇，一年内必须完成英语到法语的语言过渡，然后，以第一语言为法语完成对升入大学至关重要的全部课程。他的压力之大是可想而知的。然而，现在的米奇已经在动荡生活的磨炼下变得非常成熟稳重。为了减轻我的负担，他独自承担着所有重压，努力地适应着陌生的一切。

米奇的学校是一所在本地比较好的高中，只有学习成绩好的学生才能进到这所学校学习。米奇班级的学生们在学习上个个都争先恐后，因为这个阶段的学习成绩关系到他们未来是否进入满意的大学。米奇到来后，很快就显示出遥遥领先的学习实力，这遭到了本地个别学生的妒忌。他们经常设局让米奇陷入困境，甚至在米奇经过的路上设置绳索，让米奇跌跤。米奇默默忍受着，希望有机会摆脱困境。终于，校长发现了坏学生的恶行，把这些坏学生叫到校长室，同时找到米奇，征求米奇的意见，如何处理陷害他的学生们。米奇对校长说，他们之所以这样做是因为他们还没有懂得这是错误的，学校就不要处分他们了，相信以后他们一定会改好的。这件事使米奇在同学中的威望一下子空前高涨起来，那些坏学生后来还成了米奇的朋友。就这样，米奇以自己的方式，在险恶的环境中争取到了最有利于自己的学习环境，很快就化压抑为快乐了；当米奇又一次随我离开那里时，他的同学们争着同他合影，很多人后悔地表示没有早一些成为他的好朋友。

蒙特利尔的日子是单调的，那里我们不仅举目无亲，而且没有朋友。生活在法族人的环境中，业余文化生活对于米奇几乎是一片空白。米奇的假期，基本是在我单位的图书馆中度过的。在那里他利用一个暑假，学完了大学数学专业的微积分。一天晚上我们睡前聊天，他与我聊起对宏观与微观的理解，我发现他完全掌握了微积分的核心内涵。为了尽快提高自己的法文水平，米奇在学校找了一位志愿者为他辅导，以使他提高法文的听说能力，同时他也为那位同学辅导英文的听说能力。很快他的法文取得了明显的进步，为结束英文教育、进入法文班做好了准备。

蒙特利尔的日子是难忘的，在那里，米奇有幸目睹了世界航天科学的奇迹。在我工作的地方，每当宇航员出发去太空执行国际空间站的使命，我们可以携家属在单位礼堂的大屏幕上观看身着宇航服的同事出发的盛况，目送他们飞往遥远的太空。米奇对这些航天科学家的献身精神怀有深深的敬意。在他心目中，那位多次飞进宇宙的和蔼大叔是最了不起的英雄。米奇在假日里经常去我工作的地方，偶尔也去健身房。我告诉他，宇航员经常去那里锻炼，运气好的话可以看到他们。终于有一次米奇看到了那位最著名的航天员大叔，那天，健身房只有大叔一人，米奇来到大叔身边的器械上，边健身边向大叔请教太空中的问题。从那以后，米奇对航天科学也发生了浓厚的兴趣。

也许是长时间心理上的巨大压力，那段日子我的身体变得不是十分好了。在冰雪覆盖的早晨，我已经没有力气用雪铲为汽车铲出路来，也没有力气用木刮清除前后车窗上厚厚的冰霜。米奇很快养成了每天在我上车之前打开车门，清理好冰雪，把车内烘暖的习惯，然后我再钻进汽车，先把他送到学校，再自己上班。晚上，米奇养成开门睡觉的习惯，听到一点声音他都会醒来。在这样的生活中，米奇飞快地成熟起来，成了家里的顶梁柱。

由于米奇入学后表现出的善解人意、宽容大度的德行和优异的学习成绩，博得了校方特殊的关照。在高中一年级上学期快结束时，校长找到我，提出让米奇提前升入高中二年级，这样米奇就可免去改读法语班的麻烦。因为魁北克的高中只有两年，然后是大学预科，大学预科可以自由选择英文教育，也就是说，米奇可以享受完整连续的英文教育，这样对米奇是十分有利的。我满怀对学校老师的感激，代表米奇同意了学校的安排，因为米奇早在初中二年级前就早已自学完全部高中课程，跳级一年，没有问题。加上米奇随我绕地球一周绕回的一年，在颠沛流离的生活中他为自己抢回两年的时间。

在蒙特利尔的生活是短暂的，米奇升入高中二年级不久，我获得了在安省伦敦一个研究所的工作。考虑到我当时的身体状况，在那里有我们熟悉的环境和很多朋友，还有温和的气候，我和米奇决定离开寒冷的蒙特利尔，回到伦敦。事实证明，我当时的决定是多么正确。于是我们打点行李，准备又一次搬家。此时，我们的家已经不是简单的几个旅行箱那么简单了。不管家具怎样简单，我们的家已经是一个很像样的家了。

五

在离我所在的研究所不远的地方，我们安置了下来。米奇进了附近的斑莛高中，那是一所以发现人工胰岛素而获得诺贝尔生物医学奖科的加拿大科学家斑莛命名的高中。那所高中坐落在一个高高的土坡上。我们租住在房东毛先生家二楼的两间卧房中，他们夫妇住在主卧。

楼下的客厅摆放着毛先生喜爱的带有大铁钉的皮沙发，还有被人为作旧的看上去像文物的大茶几。因为我们的到来，那套橙黄色的大沙发和茶几被推到本来不大的客厅角落中。我们那套小沙发登堂入室地在客厅的中央。楼下不大的小餐厅，摆着很厚重的餐桌。

高瘦的国内青岛人毛先生带着一副度数很深的金丝边眼镜，他出国前是中国协和医院眼科医生。毛夫人是中国医学界学术泰斗的女儿，出国前也是医学硕士，出国后去多伦多大学再深造，每个周末回家。贤淑的毛夫人每周回家都会给毛先生包够吃一周的饺子，放满冰箱。

晚饭时，我们常和毛先生坐在狭小的餐厅中，分享着毛先生昂贵的餐桌，我和米奇吃着热乎乎的中餐，毛先生吃着他的一成不变的冻饺子，有时也分享我烹出的美味。每当这时他都会变得非常健谈。他喜欢站在米奇平辈的角度谈话，喜欢称米奇爸为你家老爷子，米奇和我总是忍住笑听他的高见。他认为，大学本科学校的选择很重要，因为那是代表学问的出身。这个观点极大地影响了米奇日后对自己大学的选择。在很多年后，我们提起毛先生都心怀感激，因为他的一席话改变了米奇的一生。

对我来说，那是一段不堪回首的日子。疾病又一次降临在我的身上，我的身体被病痛折磨得极度虚弱，甚至我暗自判定自己得了不治之症，打算放弃诊断治疗，只期待米奇能够在我有生之年升入大学。终于有一天，我的生命几乎衰竭，挂急诊进了医院。医生初步诊断后说需要立即输血，身边的米奇像个小大人一样做主，拒绝把别人的血输入我的体内，伸出他的胳膊让护士抽他的血。医生耐心地向米奇解释了医院血液的安全性，请他放心，妈妈不会有问题。那一时刻，我的心被浓浓的骨肉亲情融化了，渴望生的欲望占据了身体的各个部位。我离不开米奇，米奇也不能没有我。在米奇亮晶晶的黑眼睛的注视下，殷红的血缓缓流入我的血管。接下来，经详细的检查，我体内的病源是一个不小的肿瘤，经手术切片，发现这是一个良性瘤。劫后余生的感觉真好。病愈后，我更加珍惜眼前拥有的一切。我怀着感恩的心在职场上为回报社会而更加努力地工作。我感觉到与儿子在相依为命的生活中，他更加成熟，已经开始担当起保护我的责任。米奇在承担中，学会了在未来的生活中担当强者的角色。

回到伦敦后，作为高中二年级的学生米奇，开始关注与升大学有关的信息收集及必要的努力。对于有关选修的课程和成绩，他开始变得格外小心和慎重。在那所高中就读后，米奇发现，在与升学有关的科目中，他获得的占总成绩百分之六十以上的课外作业成绩总是不尽如人意，而每次考试他的成绩总是以别人无法超越的绝对优势遥遥领先。安大略省与魁北克省不同，高中三年后没有预科，直接升入大学。已经高中二年级下学期的米奇对于自己无法控制的未来陷入苦恼之中。一次，因选课考虑不周，米奇希望修改一下，校方却拒绝。在面临米奇未来走向的关键时刻，我去面见了他的校长。

那是一个看似威严但言语之间俗态百出的妇人。她对不容许修改科目的解释是，米奇年龄不够，学习年限严重缺少，所以他必须在高中待够年头才能毕业。我解释孩子高中学分已经达标，所有成绩都在顶尖2%之列，没有道理不容许毕业。那为被称作校长的妇人接下来开始大谈他自己的孩子如何优秀。我没有再与她废话，在她喋喋不休地对自己孩子的赞美中，破天荒地没告辞就起身推门而出。我去教室接上米奇，直接开车回家取上必要的学籍及成绩文件后，直奔本市唯一的一所私立学校而去。

那所私立学校坐落在市中心附近的一条小街上，我们来到学校的办公室，幽暗的厅中能够闻到一股让人安静的清香。大环境虽然幽暗，但厚重色调的橱窗中陈列的照片及实物在聚光度良好的射灯下既富有美感又简单明了，可以让人感觉出学校经营者的高贵与智慧。顿时，我和米奇几乎同时深深爱上了这里。

六

这所学校的校长在她的办公室接见了我们。她是一个看上去充满温情的女人。她很高，身材很好，略微有些胖，自然弯曲的棕黄色的头发软软地披散在肩头。她真诚的微笑像一缕阳光，冲淡了另一所公立学校校长办公室留在我心头的阴霾。在听取了我对米奇详细的介绍后，她当即表示，米奇这样的学生来此就读是他们学校的荣幸，作为特例，她将亲自与市政有关教育部门联系，特殊批准米奇进入毕业班接受最后一年高中教育，并从这里升入大学。

接下来，我为米奇办理了所有入学手续。女校长非常周到，她非常理解我这个在研究所工作的母亲支付这里私立学校全部费用所产生的经济上的窘迫，她在安排米奇入学的同时，为米奇介绍了在课余时间为低年级学生做家教的工作。于是，未满 16 岁的米奇，第一次靠自己的劳动有了相当不错的收入：每小时 20 加元。米奇在最后一年高中学习的同时，也开始了他的业余小老师的工作。他负责的一位低年级同学的学习科目中不仅包括数理化课程，还包括文史类科目。得益于他的博览群书、英文功底，他完全可以胜任不仅包括数理化，还有文史类等全部科目的课外教学。在他的精心辅导下，他学生的期末成绩由平均六十几分，提高到八十多分。学生家长通过校长转交给米奇一张很大额度的支票以资鼓励。几个月来辛苦换来的回报令米奇欣喜不已。在这所私立学校的同学中，大部分人家境殷实，但几乎所有同学不论家庭多么富有，一旦年满 16 岁，就会自觉走向独立，并以独立自主为荣。很多同学到了这一年级就从富有的家中搬出，自己在外租房，房租靠自己业余打工获得。

我并不认为这是值得米奇效仿的，但他业余时间做些工作，对于他了解生活的不易是很有帮助的。为了未来生活的品质，他应早些知道应该付出怎样的艰辛。

米奇进的是一所国际私立学校。校长来自美国康奈尔大学。这所学校学生不多，全校的各年级学生加起来不到200人，高三毕业班只有二十几个学生，其中有个别来自韩国和日本的国际学生，教职员不到四十人。很多科目是老师与学生一对一教学，比如法文。校舍建在一面临街一面傍水的山上，看上去很低调。临街看到的学校是一栋很普通的二层楼，进入正门直接是四楼，因为这楼是挖掉很大一块山，镶嵌在山体中的五层楼建筑。从后面进入校区是一个很大的球场，教室宽大的玻璃窗正对着一条清澈的河，风景幽静，鸟语花香。学校的管理及服装完全是英国风格。男生校服是蓝色细条纹牛津式衬衫，配酱紫色斜纹领带，深灰色西裤，外套深蓝牛津布双排扣西装，西装上配铜制纽扣。鞋自然是黑皮鞋配深色线袜。运动装分春秋运动装和夏季运动装，色彩协调，看上去很让人舒服。女生的服装更加养眼，厚呢格超短斜裙，配白衬衫，衬衫领口佩戴飘逸的丝带，白色高筒袜和黑色女式皮鞋。不论男女，冷天一律外套海军蓝色鸡心领毛衣。学校中弥漫着有板有眼的英伦风情。

学校的老师对每个学生都本着一律平等、高度负责的精神进行全方位的培养和训练。为了培养学生们广博的爱心，曾经组织学生们24小时不吃饭，为的是省下饭钱支援非洲小朋友。那天，同学们住在学校礼堂，学校礼堂的地上放满睡袋，学生们像过节一样到学校挨饿。为了这次活动，我特为米奇买了一个最厚的睡袋，身下软是软了，但热得米奇几乎一夜没睡。原来我买的睡袋是用于北极冰雪中露营用的，可以抵御-50℃低温。无疑，我也是天下父母中可笑一族。

自从2001年9月11日，伫立在美国纽约的双子座大楼轰然倒塌后。

北美的经济出现了巨大波动，连锁反应像海啸一样波及各行各业。在米奇入学后不久，这所私立学校就开始陷入经济上的困境难以维持下去。在这种情况下，低年级学生可以疏散到居住地附近的公立学校。无疑，毕业班的学生若在这种情况下转学，对即将面临的升学的同学们会是十分不利的。校方本着对每位学生极端负责的精神召集全体家长募捐，希望以这种方式维持老师们一年的薪金，直至毕业班的同学们顺利进入大学。

家长会在学校食堂举行。学校的董事长是一位身材高挑、一头金色卷发的美丽夫人，乍一看，简直与黛安娜王妃一模一样。她讲起话来柔声细语，介绍了学校运行面临的无法跨越的财政危机，为了毕业班的同学们，希望全体与会者同心协力维持学校运行到下一年夏季。我与米奇商量，在经济危机中，我们应该为学校做些什么，很快达成母子间的共识，以我们所能承受的最大限度向学校捐款。我留下了够我和米奇一个月的生活费，将账户内所有款项全部捐献。记得米奇拿着我开具的私人支票，走到校长面前双手奉上，米奇为学校尽了我们的绵薄而激动得脸上泛起红润，校长双手接过支票后把米奇拥在怀中，用这种无声胜有声的方式，对他的学生勇于为集体承担责任的行动进行了鼓励。我一直认为，一个孩子的成长不仅仅局限在身体上和智力上，在德行上的培育也是不容忽视的一环，学校和老师在这无分数评价标准的重要环节上富有责任，家长则是孩子最直接的榜样。在集体中，勇于承担责任，是没有什么教科书可以指导的。最有效的途径，是在灾难或困难降临时，学校的正确指导及决策，还有就是家长无私的配合。对孩子为人之道的极大圆满的培育完成于某一个摆脱困境的过程当中。

在 Woldnpark 的一年间，尽管学校的老师面临着不久后的再就业，但他们仍然竭尽全力地指导着每一个学生，特别是尽心指导毕业生们去完成大学前所有课程的学习及申报。在教师们的身上，米奇看到并且学到了一种高贵的敬业精神。

七

由于几年前就自学完成了全部高中课程，高中最后一年的学习对于米奇并没有任何压力。由于米奇业余时间做家教，他的个人银行账户的数字也在不断刷新，像他的同学一样，米奇也利用自己的劳动所得，安排着自己的业余生活。米奇一直酷爱中华文化，他为自己找了一位台湾老先生担任他的书法教师，买来文房四宝，每周一次去老先生家里学习。老先生非常儒雅，每次上课前都认真进行准备，不仅教米奇书法，还传输中华传统文化。他们在课上课下都有说不完的话，后来老先生成了米奇的忘年交。他在授课日很早就等在客厅里，盼望着知己小朋友的到来。

米奇还去音乐学校，对他的歌唱能力进行系统地美声唱法训练。他的老师是一位歌剧演员，平日里在西安大略大学艺术系任教。此时在声乐课上的米奇再也不是幼年时玩儿着小汽车学唱歌的小淘气了，他很稳重认真地站在老师的钢琴旁，随着老师的指点进行非常正规的声乐训练。在教室外面等候的我，经常可以听到里面传出雄浑男中音与动听的女高音优美的合唱。

在安大略伦敦我的朋友中，有一位非常出色的华人小提琴演奏家小玲。米奇拜她为师，完成了初步的小提琴技法学习。带着这些基本技能，米奇在进入大学以后，在繁重的学习中，使用小提琴优美的琴声为自己成功减压，保证了精神上的放松乐观的状态。

在北美申请大学时，判定学生质量不仅仅以学习成绩为标准，参加社会活动也是非常重要的指标。为了达标，大部分同学在业余时间去养老院或公共图书馆做志愿者，义务为老人为社区服务。米奇却申请去西安大略大学 Jutan 教授的实验室，为教授的糖尿病患者血糖监控系统研究项目义务做研究助理。在研究中，他不仅完成了助理的工作，还学到了如何在科研中进行信息检索、技术调研，甚至计算机数字仿真及论文的撰写。也就是在那段志愿者的日子里，米奇完成了有生以来第一篇有关糖尿病患者血糖建模分析的学术论文，更重要的是，他对医学工程科学发生了非常浓厚的兴趣，以至于他后来的研究专业及职业没有离开医学工程科学和临床医学。

高中最后一年，是米奇最忙碌、最充实、最幸福也是最快乐的一年。他收获了自己掌控命运的自信。他也为离开我独立生活和为升入大学做好了充分的精神准备。

八

与中国高考不同，申报美国大学之前，必须经历一个叫 SAT 的统一考试，其中包括英文、数学等，若对自己的考试成绩不满意还可以几个月后再考，直到满意为止。为了这个考试，我曾经载着米奇去二百多公里以外的设在多伦多的考场去应试。我们提前一天前往多伦多，住在酒店，第二天清晨去考场，感觉有点像参加中国的高考，但压力没有高考大，因为有重考的机会。记得那次考完的回程，我们在路上遭遇大暴雨，浓浓的雨幕几乎看不清前面的路，我只好把车停在路边，在荒郊野外躲在车中静静地等着雨过天晴。就在那一时刻，我们都深深地意识到母子相依的日子已经接近尾声，那分日甚一日的母子亲情越来越显得可贵了。

除了考试，完成各类申请表的工作量之巨大超出我们想象，由于每个不同学校申请表的内容没有统一标准，所以是完全不同的，所申请大学评价学生除了包括成绩、社会活动等各项硬性指标外，对于比较著名的常春藤名校，还需要若干教师推荐，同时附加对给定题目写出两到三篇议论文。每个学校议论文的题目是不同的，学校可以通过议论文看出学生的价值观和品性。为了完成对心仪学校的申请，米奇非常认真地完成了每一份表格和每一篇议论文的撰写。在那些天里，家中的餐桌上摆满一沓沓的申请材料。我帮助米奇把每一项内容汇总成表，这样他就可以根据表格一目了然地看到不同学校申请完成情况。全部完成后，我看了一下最厚的那沓麻省理工学院的申请，多达一百多页。所有美国大学的申请书寄出以后不久，美国伯克利等大学来信，请米奇改报专业，原因是他所申报的生化专业是敏感专业，“9·11”事件后，一概不接受非美国公民申报此专业了。接着，米奇申报的康奈尔等大学也传来收到藏有毒物品邮件的消息。于是，为了安全，我们决定放弃去美国上大学。不论怎样，在申请美国大学的过程中，米奇受到了很好的锻炼，他学会如何去搜集整理文件，知道如何为拿到老师的推荐书正式与老师预约时间，并很讲究礼仪地把自己的情况详细地介绍给老师，为老师提供更多对他有利的推荐内容。这时加拿大大学的申请也开始了。

加拿大的大学申请相对美国就简单得多，按规定每个学生可以选报五所大学，米奇选取了多伦多大学、麦基尔大学、皇后大学、麦克马斯特大学、不列颠哥伦比亚大学。大学报名结束了，在接下来的日子里，米奇一如既往地把自己的生活安排得有声有色，丰富多彩。他越加珍惜在我身边生活的宝贵时光。

多年哺育米奇，练就了我超强的厨艺，我会对不同食材进行美妙的排列组合后，创造出许许多多令米奇惊叹不已的新菜式。米奇非常享受放学后回家走出公寓电梯就会闻到由我们家中发出的扑鼻的香气。而且，每天这花样翻新的香气都会激起米奇巨大的食欲。

烤鸭是米奇最喜欢吃的。我在超市买回白嫩的白条鸭，将花椒、大料、葱姜蒜、料酒及生抽一股脑儿倒入鸭肚，腌制一夜，然后吊起，控干汤汤水水。每隔一段时间在鸭表面用板刷刷上一层蜂蜜，直到表皮风干，再用锡纸包好，放入烤箱，直至烤出香味儿，去掉锡纸，再烤至金黄。从烤箱拿出后，用刀片成薄片，整齐地码在盘中。脱肉的骨放入锅中小火慢炖，直至汤泛白，加入大海米、白菜叶，美味鸭汤炮制成功。再端上盛着细细葱丝和黄瓜丝的盘，将在中国店买来的面酱放在小碗中，最后上桌的是热在蒸锅中早一步烙好的薄饼。这时我和米奇在桌前坐定，在头顶上的灯发出柔光的照射下，边聊着各种有趣的事情，边享用美味。那情景在我和米奇心目中是永远铭记的最美小诗。

每天清晨，我先于米奇半小时起床，煮上一壶哥伦比亚咖啡。哥伦比亚咖啡喝着一般，但在煮制过程中发出的清香却是最好的清醒剂，香味儿飘出，室内顿时充满使人振奋的气息；然后在烤箱中放入半成品牛肉饼或香肠及面包；最后将前一天洗好的水果切成片扔进搅拌机，再向里面倒入脱脂牛奶、冰块和蜂蜜，适当加入一些买来的橙汁或柠檬汁，打开按钮，顿时，冰块的破碎声和各种水果块在飞速旋转中混融成颜色怪异的液体时的嘶嘶啦啦声穿透墙壁，回荡在家中，也进入睡梦中米奇的耳鼓，这是米奇最不喜欢听的起床号。于是，米奇起身更衣洗漱，将各类食品悉数放进肚里，再仰头将各类营养素组成的液体喝下去后，然后母子一同下楼，钻进汽车，顺着车流去上学和上班。

很快，大学录取通知书纷纷寄来，米奇先后收到了所申请 5 所大学的录取通知书，并收到获得麦基尔大学和麦克马斯特大学奖学金的信件以及皇后大学校长约请见面共进午餐的信件。

九

在录取的 5 所院校中，米奇选了多伦多大学的工程科学系。大学的录取似乎对米奇的心理没有产生太大的波动。似乎在他的感觉当中，就像在跨出国门的6年中他6次转学一样，只不过是将要进行第七次转学。米奇的最后一个中学，终于在经济危机中，依靠全体学生家长的共同努力，把二十几名毕业生送进自己满意的大学。

毕业典礼在礼堂举行，全体同学身着笔挺的校服，毕业生家属盛装坐在礼堂中，毕业生们在身着苏格兰裙服的风笛手引领下慢慢走到前排就座，途经老师们的席位，踩着缓慢的步伐向老师、校长致敬。在优秀毕业生颁奖仪式开始后，米奇多次走上领奖台。鉴于高中学习期间在西安大略大学以志愿者身份参加科研活动所取得的成绩，他获得了杰出志愿者成就奖，鉴于他平均学习成绩第一，以高于第二名近二十分的优异成绩获得最高学术成就奖。最后他走上领奖台，在校长手中接过首相奖章，这是加拿大政府颁发给品学兼优的高中毕业生的最高荣誉。此刻，台下的我百感交集。我庆幸当年没有任何犹豫地把孩子带在身边，用母爱的大伞维护孩子成长过程中最为宝贵的自尊；我庆幸用天然轻松鼓励的方式树立起孩子未来发展最为宝贵的自信；我庆幸遇见了那么多好人，他们在我艰难的岁月里给了孩子精神上的鼓舞，是他们教会了孩子爱。我看着沉稳走下台的米奇，心中默默地想，这是一只长大的小鹰，放他单飞的时间到了。

米奇随我在国外闯荡6年中，第一次离开家去了250公里外的多伦多大学。母子共同拥有的两室一厅的公寓里一下变得没有了生气。每天早晨我不需要起得太早，打点自己的饮食也变得简单且马虎。

我工作在政府管辖的制造加工技术研究所，实验室没有窗，门口赫然悬挂着“激光操作进行中危险”的警示牌。室内巨大的三维移动装置纵向轴承载着大功率激光枪，那枪喷出的激光束刹那间就把匀速喷出的金属粉末凝固，凝固层很快就堆积起精美的零件。在实验室一角有一台小型的三坐标测量机，我就在这里进行着每天的工作。一台在当时最先进的激光扫描头被我固定在测量机的纵轴上，扫描头射出的红色激光条纹扫在下面的工件上，扫描获得的影像由我设计的方法变换成平滑的点云，通过滤波整合，美丽的三维图形出现在电脑的屏幕上。我又一次沉浸在有趣的游戏中。一个大胆的想法出现了，用六自由机器人代替三维移动机构完成激光加工过程。这个想法在头脑中落地生根，就像在体内扎根的胚胎，不断地发育着。我开始感觉到时间的窘迫，于是默默地开始与时间赛跑了。每天我都在实验室中逗留到很晚，空旷的停车场中常常只有我那辆红色本田静静地泊在橘黄色的灯光下，车后窗内那只穿着燕尾服的小白熊娃娃一动不动地向窗外张望着。每天我都要像走迷宫一样找到所里夜间唯一通向外面的一扇扇门，每每这时，心中都像有一面被敲得山响的鼓，发出只有自己能够听到的咚咚声。令人欣喜的是，研究中不断获得的发现不断充实着大脑中酝酿的方案，那不断趋于有形的整体模型就像我孕育的另一个孩子，在精心培育下也在茁壮地成长。我开始考虑为这个孩子的出生寻找合适的环境了。

在多伦多大学读书的米奇似乎没有什么压力，这不奇怪，他已经在高中一年级就修完大学微积分课程并以满分获得了大学的学分。每个周末，他都会乘火车回到伦敦的家。我们都很享受夜色中在伦敦火车站接站口的母子拥抱，然后回到温馨的小巢。我拿出事先准备的美酒佳肴，在柔和的灯光下我们边吃边聊。他表达了希望申请英国牛津大学或剑桥大学的愿望，理由是喜欢英国文化简直到了着迷的程度，很想体会在迷蒙的雨幕中踩着湿漉漉的长有青苔的青石板走路的感觉。是呀，可以理解，他看了太多描述英伦风情的文学作品。其实，我也崇尚英国文化，若重生一次，我也会和米奇一样奔向那古老的国度，在那里感受人类文明和品尝历史的味道。想就试一下吧。我们讨论后决定：申请历史悠久的牛津大学。

十

与申请美国大学相比，申请牛津大学的程序非常简单。网上下载申请表，表格内容非常简单，但每一项都非常有分量。然后网上交费。申请书寄出后不久，面试通知寄到了。面试地点在美国纽约曼哈顿。我请了一天假，面试前一天的夜里两点，我们乘伦敦市政的机场交通车去了底特律机场，在那里登上去纽约的班机，下飞机后几经辗转找到了那栋曼哈顿的普通小楼。此刻米奇的面试时间已到。他几乎是小跑着冲进洗手间换上西装后走进面试房间。一个小时后，米奇下楼，看上去有些闷闷不乐。我没有马上问他面试的情况，而是轻松地提议找个地方吃点什么。去机场前，再顺便看看纽约这座我们 2000 年专程来此度过跨世纪时刻的城市，和遭遇 911 恐怖袭击两年后的情景。

1993 年，我第一次去曼哈顿，在洛克菲勒中心电梯旁，我第一次用触摸屏点击寻找各类信息，当时我就像来到了另一个世界。那里肤色不同的人头攒动在繁华的第五大道上。扮演世界现代化楷模的城市在我的脑海里留下难忘的印象。站在两栋世贸大厦中央仰望蓝天，感受到人类的力量。2000 年，我和米奇一同去了那里，跨世纪的元旦将至，也许是在公共假期，也许经济已大不如前，当时给我们留下了萧条中的落寞印象。昔日繁华的第五大道，人迹稀少，没有节日气氛，双子座虽然伫立在那里，但却没有了往日的喧嚣。2003 年，我和米奇又一次站在姐妹楼曾经挺立的地方，那里是一个巨大的废墟，依稀感到灰蒙蒙的天空飘动着尘埃的味道。我们站在废墟前，凭吊那些在事件中逝去的亡灵，悼念这里随风飘散的繁华。

我们在深夜回到家中。路上，米奇向我介绍了面试的情况。来自牛津的教授先递给米奇一页文稿，阅读半小时，教授针对文章内容提问，对回答不出的问题与他讨论半小时之后面试结束，教授欠身亲切握别，米奇离开。米奇看到其他面试后的学生被教授热情地送出门很远。鉴于此情此景，他断定，考砸了。自我安慰一番后，他很快恢复平静。他决定以后还是通过文学作品享受英国文化吧。我的感觉与他正相反，根据他与教授讨论的内容及他对问题的理解，我认为，米奇经历了一次非常成功的面试。牛津在选拔工程科学类学生时注重的是对科学问题的悟性，能很快理解是好学生，能发挥则是有创造能力的精品生了。另外，西方人有对面试失败者以热情的方式进行安抚的习惯。当然，为了避免米奇遭遇多余的失望，我把自己的判断藏在心里。

米奇在轻松的大学生活中，我在不断获得研究成果的喜悦中，迎来了 2003 年圣诞。寒假开始了。我预感到与米奇分别的日子不远了，这也许是最后一次母子在加拿大共度佳节的机会。我使出全部智慧，烹制美味佳肴。平安夜，我烤制了硕大的火鸡，带着火鸡去参加了朋友们的圣诞晚宴。夜深了，在我们开车回家的路上，我尽量开得慢些，听着车轮挤压积雪的吱吱声，望着窗外被五彩灯簇拥的小房子，耳畔飘动着平安圣歌的舒缓旋律。我们都希望把这一刻的美好永远留在记忆中。以后，我们在这片土地上肯定还有许多圣诞团聚的机会，那时身边一定会多出很多个小米奇吧？

节日的季节随着元旦的到来接近尾声，米奇已经开始做回校的准备了。在 2003 年最后一天，我和米奇买回很多食品，准备大吃一顿，迎接下一年的生活。在电梯旁，随手打开邮箱，里面静卧着一封薄薄的信。这是由牛津大学寄来的。根据以往经验，学校录取信都会连同入学指南等一并寄来，于是断定，这是米奇求学史上第一次遭拒。我们决定暂时不看这封煞风景的来信，享用完除夕大餐再说。

除夕餐桌上有我亲手烹制的翘着尾巴的金黄色的松鼠鱼，身上琥珀色的浆汁上摆上两颗红艳艳的樱桃。红烧狮子头，那两只炸至金黄的大肉球与香菇胡萝卜一起摆在大碗中，上面散落着一些绿莹莹的香菜，看着就让人垂涎欲滴。还有油爆大海虾，蒜茸四季豆。这些都是我的拿手菜。最后还不忘烧一碗麻辣酸香的酸辣汤。为了助兴，我开启了一瓶法国红酒。看着美食，米奇学着我的声调宣布：开吃。

饭后，我们拆开那封被冷落的信。刹那间，我们的四只眼睛几乎同时凝固了，米奇被牛津大学圣凯瑟琳学院无条件录取了！这喜讯虽然在我的意料之中，但此刻仍然被震撼了。我和孩子谁也没说话，静静地愣在那里。接下来，不是我们的笑声，而是我无法控制的哭声，米奇跪在我身边的地毯上，不断抽出纸巾为我轻轻擦去不断涌出的泪，这是我有生以来第一次如此放任、如此淋漓尽致地哭，我确定这是哭而不是泣，因为不仅有泪而且有声；我也确定那泪不仅仅是喜极而泣的产物，那哭声也绝不是悲声，那是一种人类情感最高级的宣泄，是广义的笑，与笑相比，内涵更加复杂与丰富。在人生旅途中，在与孩子的生命交集阶段，我和儿子一起大获全胜。此刻，我那喷涌而出的泪把内心洗涤得无比清新明朗。我和我的儿子将带着我们共同经历的美好记忆，开始各自的新生活了。

牛津——母子生命轨迹中的结点

一

2004年初那些日子，天空总是阴沉沉的，连日大雪，其实这里的五月雪我们也是经历过的。我和米奇把几年来建起的小家经过整理，仅把随身用的物品装进几只旅行箱，其他的就地处理。看着我们的电视、沙发，还有我们熟悉的一切被陌生人抱走，一个温馨的家顷刻解体，我们的心是酸酸的。

我像一只站在悬崖边上的老鹰，狠着心把小鹰推了下去，小鹰稚嫩地摇摆着，在属于自己的天空中起飞了。

我回到故乡母亲的怀抱，在一所大学任教授。不久，米奇飞往英国，到了古老的青石板路环绕的雾蒙蒙雨茫茫的牛津城。

我秉承一贯的原则，有效地躲过了以“人才”为名义的捧杀，深深地在实验室中沉了下来，渐渐消失在众人瞩目的视野中。酝酿已久的研

究方案全方位地开始实施了，接下来的日子是充满激情的，我带领学生们，让机器娃们一个个在实验室中相继降生，并在我们的指导训练下使机器娃们的智能化程度日新月异地飞速发展。在我的眼中，机器娃们是最美的艺术佳作。我越来越感觉到工程科学和自然科学与艺术是那样的密不可分，机器娃们把这种相关性如此宏观地表达出来，让我感到无比痛快。

海归后的日子就像不平稳的溪流，跌宕起伏地向前流淌着。与米奇虽然远隔万里，但发达的通信网络使我们时刻保持着联系。我非常习惯并享受在黎明到来的时刻，睡眼蒙眬中伸手顺着铃声摸到电话，然后倾听远方传来的米奇富有磁性的男中音对我的问候。

每当米奇有了新的问题，他都习惯与我这位妈妈朋友讨论，更多的是他来倾诉，我来倾听，倾诉过程中逐渐思路理顺，自然就找到了问题的解。

由于成长期间生活不稳定，米奇一直没有机会在一个比较固定的群体中训练自己与人交往的能力，他极担心成为只会读书的“呆娃”，于是决定竞选亚太学联主席一职。我虽然一直不介意考试分数，在米奇进入牛津后，他已经发现学习上再也找不到过去轻松的感觉，因为这是一所世界级高才生云集的地方，教育方法也与其他学校完全不同，课堂上只给出需要学习掌握的提纲，其他学校需要 80 学时的内容，这里只用七到八小时就完活儿，学会与否全靠课后的功夫，学生们的时间几乎处于极限。鉴于此情，我很担心米奇会因参与社会活动占据太多时间而使本来有限的睡眠时间缩水，导致健康受损。米奇认为，证明各方面的能力对他来讲很重要，于是决定参加竞选。参选者大多是来自中国香港、日本和新加坡等地的政经类学生，他们希望能够获选后得到日后在政界发展的阅历及资本，他们中不乏领袖型人才。也许工程科学学生米奇在竞选者中属另类角色，外加竞选演说中流畅风趣的内容和他的运气，居然当选了。好在这个职位任期只有 3 个月。任职期间，米奇成功地举行了两次大型活动，一次活动是在牛津市中心最昂贵的酒店，不知米奇采用的什么招数，酒店只象征性收取了一点点费用。米奇还以亚太学联主席的身份成功邀请了经济界名人前来演讲，他像一个熟练的学生领袖，从容地接待了各界名流。他谋求处理各种事务达到完美，自己编辑发行月报，有声有色中完成了为期 3 个月的主席使命。过后，他向我述说了内心的感受。学联本身就是一个小社会，负责人中大部分都有日后从政的打算，通过在其中感受政治，米奇发现他还是喜欢自然真实的本性生活。通过这段经历，他的自信范围明显被拓宽了。

牛津大学的各个学院其实就是学生们的生活社区，不同学科不同专业的学生们吃住在社区当中。同学们彼此相互影响着。米奇在大学低年级时曾经受同学们的影响，以为只有最聪明的人才能够进入投资银行工作，当时很多牛津优秀的华裔学生把《墨迹》一书的作者曾子墨当成偶像，踩着她的墨迹走进投资银行。

一天深夜，电话铃声响起，米奇气喘吁吁的声音传了过来，他正在赶往火车站的途中。原来，他申请了当时著名的投资银行美林集团的暑期工作，经过网上业务考试，电话面试后接到去伦敦面试通知，提前一天报到，第二天将面试。对此，我虽然很不赞成，但对于孩子自己做出的决定，我是不应该也没有权利阻止的。我耐心地询问了有关细节，为了面试成功，根据经验提出了一些参考性建议。同时，提醒他注意面试前打理好自己的形象。比如，到酒店后，一定要保证当晚高质量睡眠，清早起来，修剪好指甲，冲个淋浴后把头发吹得蓬松一些，穿好西装后前后照一照，特别注意领口和袖口，不要忘记把皮鞋上的灰尘擦掉，袜子一定要着深颜色的。

这又是一次成功的面试，很快，米奇得到通知，暑假他将去香港美林集团工作 3 个月。

二

暑假到了，米奇由伦敦直飞香港。为了能够与日夜思念的孩子暑期小聚，我把很多书面的工作积攒在一起，带到香港科技大学为我提供的访问学者的办公室中来完成。米奇来港后住在美林集团为他安排的上环一家酒店中，那里住着美林由世界各地招聘来的暑期实习生，当然大部分来自英美，个别来自大陆。

美林的经营者们为了使投身麾下的来自世界名校的年轻人更加坚定地在毕业后从事这个新兴行业，先带领实习生们去了美丽的小岛游览度假，去高尔夫球场打球，去画廊作画，让他们知道一旦进入这个行业将拥有何等奢侈的物质享受。在培训中，实习生们知道他们一旦进入投行，随着业绩提升将获得巨额回报，成功者最后可以成为企业合伙人。很多拼到高层的成员，钱多得不知怎样消费，只好买飞机。事实上应该说，钱多得不知怎样花，也没有时间花更为贴切。很多投行前辈都没有家眷，因为没有时间结交异性组成家庭，即使有了家也会因无暇打理而离婚。

为了训练他们勇往直前的拼命精神，集团让他们在远离岸边的船上下海游上岸来。米奇告诉我，在冰冷的水中体力不支，他几乎沉下去。为了活下去，他坚持了下来。这样的经历听得我毛骨悚然。

为了能够在有限的时间里与儿子团聚，每天下班我乘地铁去上环住在米奇居住的酒店中。米奇参与了一项并购计划，进入角色后就忙得一塌糊涂，每天几乎都忙到晨曦初露时分，回到酒店倒头就睡，让我在七点半叫醒他。我在极度心痛中把为他准备好的烫得平平展展的衬衫领带还有袖扣放在他身边的椅子上。看着他蜷缩在被子中睡着的样子，与襁褓中时很像很像，每次叫醒他时，心中痛的滋味刻骨铭心地镶嵌在我记忆中痛苦部分的首位。一天清晨，米奇回到酒店，脱下西装，请我帮忙送去干洗。那天，我那还在发育期的孩子在超负荷工作中因极度疲惫，去洗手间时坐在地上靠着马桶睡着了，醒后米奇洗个澡换上干净的衣服就下楼登上公司的班车就去上班了。我在米奇不要命的忙中，痛苦地期待着摧残儿子的实习早日结束。

米奇的项目获得成功，为公司赢得了可观的利润。当然，米奇自己的私人账户也增加了一笔小“巨款”。学校开学的日子也快到了。米奇心中在默默地思索着，他的未来好像不应该与这样的职业扯上干系，因为他已经熟悉了全部业务，他问自己，投行人除了笔挺高档的西装包装下英俊年轻的仪表外，闪光点在哪里呢?

新学期开始了，这是本科的最后一年，米奇开始思考未来发展的定位问题。不久，设在伦敦的高盛集团向米奇投来橄榄枝。在面试结束后，已经决定录用米奇的部门经理问了最后一个问题：“你是否喜欢投行这个职业？”米奇自己都觉得奇怪，他的回答十分干脆：“NO。”

米奇一身轻松地开始为自己下一步的发展开始进行安排了。鉴于担任学联主席期间和投行实习中的锻炼，他已经能够游刃有余地在各类事务中得体地与人交往了。当年米奇申请牛津大学的一个很重要的原因是他非常崇拜 M.Brady 爵士。M.Brady 爵士是把核磁共振技术引入医学进行肿瘤诊断的著名科学家，鉴于他对人类健康的卓越贡献，英国女王向他授予了爵位，牛津大学重金将他由美国麻省理工学院挖来，并建立了实验室。目前，在医学图像处理理论中，很多经典算法都是由 M.Brady 和他的学生的名字来命名的。米奇很希望去那个著名的实验室完成硕士和博士的学习。在 M.Brady 教授身边云集的都是最优秀的博士，还没有哪个本科学生有胆量为了硕士学位面见 M.Brady 教授。米奇却很从容地见了他崇拜的偶像。没想到的是，M.Brady 教授愉快地接受了米奇这个小本科生做了他的学生。尽管米奇诚实地告诉 M.Brady 教授，他没有过与教授相关的任何研究经历，甚至对教授研究领域的相关理论也一无所知，但非常希望将来从事与医学工程有关的工作。教授告诉米奇，有热情是最重要的。也许是教授看中了眼前这个小男孩儿的诚实和勇敢，也许是米奇对图像处理学术研究满怀热情的憧憬，米奇幸运地成为教授退休前的最后一个学生，并获得十万英镑博士全额奖学金。

未满二十岁的米奇已经开始驾驭自己的人生。通过电话，我时刻可以感受到孩子的进步。其中最让我欣慰的是，米奇抵御了拜金主义的诱惑，靠自己找到了一条对他而言最具幸福感的人生之路的起点。

三

在米奇进入博士阶段以后，他的故事于我来说是离散的。作为母亲，我时刻能够感受到他对于医学图像处理技术及理论倾情投入的热情。他往返于医院与实验室之间，收集数据，建立模型，设计新的算法，实验分析。渐渐地，我们母子间在学术上竟然产生了共鸣。我们之间的谈话在不经意间转向我们所从事的研究，不同之处仅在于米奇的研究对象是人体，而我则是刚性物质而已。我们在某种程度上成了学术上的知音。

米奇发现，他的研究与临床医学密不可分，为了将学术研究向纵深发展，他又向自己的能力展开了新的挑战。紧张的博士研究中，米奇挤出时间自修了有关健康科学的课程，并经考试获得了学分后，申报了 5 所学校的临床医学专业，考试后，被牛津大学医学院临床医学加快班录取。这是只有二十几名学生的特殊班级，其中包括米奇在内有 6 名博士，这个班级要在 4 年内完成常规班的 6 年培养计划，考试要求也高于常规班，80 分是及格线。接下来米奇的工作更加紧张，他必须在秋季入学前完成博士论文答辩。

突然有一天，我惊异地发现，在我眼里，医生，教师和警察分明都是孩子。我清醒地意识到，不是他们小，而是我已经开始进入老年阶段啦！我没有为自己的老去感到落寞，没有拼命证明自己依然精力过人、依然需要对年轻人指点江山，我开始有计划地淡出职业生涯，把已经开创起来的研究基地有计划地逐渐移交给我的学生们。于是，我的轨迹开始发生了实质性的改变，由故乡指向地球各个角落。当然，牛津，是我经常会光顾的地方。

盼望已久的暑假即将开始。我几乎迫不及待地乘上了飞往英国伦敦的班机，奔向我美好温馨家园的重要部分——小城牛津。 那是我第五次到访那里。我已经熟悉了那古老小城的边边角角。一个个或古旧或年轻的学院构成小城基调，不论世间发生怎样的沧海桑田般的变迁，牛津人却永远保持着悠久不变的特立独行的自信。在那里，我对人类历史及文明的人文与意识形态的敬重与日俱增。在笼罩着清新潮湿雨幕的小城中，匆匆行走着的绅士在我心目中几乎是一成不变的街景，这次也不例外，在蒙蒙的细雨中机场大巴刚刚驶进车站，米奇，那个让我日思夜想的年轻绅士就出现在面前。在与儿子的拥抱中，我的苦苦思念全部化作最美的甘露。

这是 2011 年的夏天，通宵达旦地工作使他看上去十分疲惫。从那一时刻起，我的角色立刻由一个职业女性切换成温柔能干的专职妈妈。小憩后，旅途疲惫全部消失，我超乎寻常的旺盛精力与体魄也许得益于坚持不懈的锻炼吧。夜色中，在附近超市买回一大堆米奇爱吃的青菜、水果、肉蛋等给养，然后，清理了我的阵地——厨房，很快，一切都变得井然有序，所有厨具及原料伸手可得。明天起，我将快乐地成为专为米奇服务的超级大厨啦！

天色已晚，打电话给实验室的米奇，约他共进晚餐，他欣然应允，我们在附近的一家希腊人开的餐馆中，在爱琴海风格的音乐中，在温馨的烛光中享用了异国情调的晚餐。其实我知道，疲惫中的米奇更喜欢妈妈亲手烹制饭菜。饭后，送米奇登上回学院宿舍的公交车 。此刻，我的心里已经塞满了形形色色的烹调计划。在阴雨连绵中，在幸福的忙碌中，在米奇身边，时光飞速闪过。在蜜汁般的生活中，在弥漫着一座不断变幻着的肉香、鱼香及我炮制出的具有创意的奇香的寓所中，我感受着咀嚼着人间幸福的滋味。为了躲开白昼的嘈杂，提高工作效率，米奇朝伏夜出已经有一段时间了。为了与米奇同步，我恪守着北美时钟规则，这样既不影响采购，也不影响米奇从黄昏到天明的 3 顿美味。为了弥补我和米奇错过的阖家团聚的端午节，几袋保鲜粽叶跟随我在地球转了四分之三圈来到牛津。我到达此地的第二天，就为米奇包了一锅粽子。

那幸福的暑期里，我能够记下来的美味大致如下：

1. 主菜：红焖小羊肉

将鲜嫩的小羊肉切成方块，放入不锈钢锅中，加清水煮沸后，在清水中将血沫洗净，加入少许橄榄油，将肉放入其中，然后加入料酒、白糖、酱油、花椒、大料、桂皮、葱段、姜片及干辣椒等一同翻炒，直至入味，飘出香气后倒入温好的砂锅中，加入开水淹没羊肉，加盖在大火中直至翻滚，改中火慢炖，直至满屋飘香，肉烂汤浓，最后加入胡萝卜块，再炖片刻。

副菜：清炒凉瓜（绿莹莹，充盈着蒜香）。

西红柿炒鸡蛋：将西红柿表面用刀划十字后放入开水中浸泡，然后剥皮切块。打好鸡蛋后混入葱花，在炒锅中加入橄榄油，油热后加入鸡蛋翻炒，然后放入西红柿块，加盐及糖少许直至西红柿汁漫过黄色的鸡蛋。

米奇在门外就闻到扑鼻的香气，食欲大开。

2. 主菜：豆豉清蒸鲈鱼

上午去鱼市买新鲜大鱼一条，请卖鱼者收拾干净。回家后在大鱼的背上又补上 几刀，将鲜姜削皮，切成细丝，将香葱切段，将葱姜摆放在鱼身上。倒入料酒适量，加入豆豉适量，加入适量大料、花椒、盐。放入微波炉，10 分钟后即可。

副菜：清蒸大海虾。将半公斤海虾冲洗干净，整齐摆放在玻璃盘中，上面撒上一些花椒、精盐和姜丝。放入微波炉 6 分钟后取出。调味汁：生抽加姜丝蒜末及炸干辣椒。

烤土豆炒西芹：我发现烤熟的土豆剥皮后炒西芹效果更佳。将 1 公斤小土豆放入烤箱，45 分钟后将烤熟的土豆剥皮切片，将西芹切成半寸薄片，在开水中烫一下。剥皮的大蒜拍碎，炒锅中橄榄油热后放入花椒，翻炒飘香后放入大蒜葱花及土豆西芹加盐等调味品，翻炒片刻即可出锅。西红柿，紫洋葱炒鸡蛋。

饱餐后，我喜欢陪同米奇在偌大的草坪上散步，送他去实验室，这又将是他的一个通宵达旦的夜晚。返回途中，在柔软的草坪上，我坐在这里静静地享受不多见的夕阳。

米奇的博士论文顺利通过，他特意为我装订了一本红色封面烫有金字的精装本。

医学院的学习开始了，米奇像海绵一样吮吸着陌生领域的一切知识。他从第一年就开始临床接触各类病人。在病人面前他总是充满柔情。

他经常给我讲述病房里的故事。那病入膏肓的老奶奶，不停地拉着他的手追问家人什么时候来看她。米奇知道她的丈夫也是耄耋老人，已经没有能力陪在她身边了。米奇腾出一只手轻轻抚摸着老奶奶的手背，轻声安慰着老人。米奇告诉我，每当这时，他会想起已经故去的老外婆。米奇会百倍小心地为老奶奶采血，生怕给她带来疼痛。为了更快深入了解人体结构，米奇在课外时间联系病理科医生容许他作为解剖助手协助工作。事后描述他的感受时，他并没有胆怯于翻肠破肚的场面，他为逝者解剖前后眸中的变化而感慨，那是生命中灵的存在与消失的转变。他清晰地看到了真正意义上的生命之灵的消亡。米奇还亲手为产妇接生，那个迎接新生命的过程也使他百感交集。我欣慰地感到，米奇具有良好的医生素质，他将不仅是一个敬业的医学工程科学家，还是一个满载仁心的医者。

4 年后，米奇博士顺利完成了临床医学全部课程，并获得了英国为医学毕业生设置的放射学会年度放射科唯一的杰出成就奖。他——我的孩子，终于成为一名具有医学工程博士学位的医生。

结束絮语

我和米奇行进在各自轨迹上继续演绎着新的故事。儿子前面的轨迹看上去是一条向前延伸的蜿蜒崎岖的轨线，而我，由于历经悠远的行程，已经能够清晰地感觉到人生轨线的弧度与孩子原有的并驾齐驱的轨线开始渐行渐远，这是人类乃至所有地球动物具有共性的生命轨迹特征。我无法预测和米奇之间未来将要发生的故事，但却可以肯定，我的生命密码已经最大限度地在米奇身上生根，并将继续延续下去。

五味杂陈

WUWEI ZACHEN

绿色交响曲

不知何时起，我的视觉神经对色彩变得异乎寻常地敏感起来。在生机勃发的五月，为了采集大地上春天的色彩，我会驱车在蜿蜒崎岖的小路上奔驰，收获千姿百态的自然美景。第一次发现，在面对美丽大自然时我的语言文字居然变得匮乏，无声胜有声的多维感官效应，转变成我灵魂深处绿色的激情。

驱车在绿野中驰骋时，全部身心乃至灵魂全部融入大地，那分通透、那分安宁是地球赐给我的绿色恩典。

眼前的大地分明是一片以绿色为主色调的拼图，色彩之和谐令我惊叹！

绿色中耳边传来牛铃声，微风中依在牛栏边，感受到的仍是那片新绿带来的柔情。

夏天到了，绿色变深，我越来越喜欢独处于深绿色的自然中。当一片葱绿淹没我的时候，自觉不自觉会生出许多过去未曾有过的感觉。每当此时，我几乎忘却我的生物属性，身边的一草一木、花鸟鱼虫似乎都具有了与我无异的灵性。

下雨了，春天嫩绿的枝叶为我搭起大伞。

巨大的枯木挺立着褐色的身躯，满身攀缘向上的藤萝演绎着生生不息的绿色传递的咏叹调，还有身躯上倔强的青苔，不是生命的延续又是什么呢？

纵横交错的枝，很情愿地任由柔弱的新叶匍匐在怀里，成长着，直到枯黄并落到大地，将腐败的身躯化作养分奉献给母体，维持生生不息的新绿。

老者和爱犬在那一片嫩绿簇拥下散着步，他在天堂之门陪伴着已经到达彼岸的爱妻。墓地里一片寂静，我静静地走了进去。这里的美吸引着我，在这片无人之地驻足良久。生生不息永远是大自然永恒不变的主题，天堂之门在樱花的陪衬下坚韧的肃穆变得柔软，柔性之美在新绿的陪衬下显露无遗。其实，上帝不喜欢悲哀。

远远看到青苔覆盖的小桥，试图走近，却陷入泥潭，这并不妨碍我把荒凉中的绿色宁静与致远定格在心中。

煮妇的滋味

记忆中母亲烧得一手好菜。在食品匮乏的年代，她常常忙里偷闲下到厨房，像魔术师一样变出美味佳肴。母亲虽然是工作到65岁才退休的职业女性，但做家务的水平绝对在全职主妇之上。每当我回到家，母亲会笑盈盈地开门迎接我，然后我会吃到具有浓重妈妈味道的美味。再后来，我一别祖国就是十多年，直到有一天我风尘仆仆地回到故乡，开门迎接我的仍然是母亲，不同的是，母亲已是步履蹒跚满头银发的老人，在我们拥抱时，深感曾经叱咤风云强大的母亲变得那样的羸弱瘦小。像以往一样，母亲进厨房尝试着为我做饭，可我发现，老人家已经没有能力做这些了。那次我流泪了，为了母亲的老去。至今，每当我下厨，都自然会想起母亲，心中会隐隐作痛。

米奇像我当年一样，对妈妈烹调出的美味情有独钟，与米奇团聚，在他身上看到了我当年的影子。为了不让米奇未来在心中留下像我一样因与母亲相处时间太少而留下永远无法弥补的隐痛，我一直期待着早日结束职业生涯，荣登家庭煮妇的高位。人们喜欢用沦为家庭主妇形容女性角色的变化，而我却真实地期待着新角色的到来，不是沦为而是高升。那是真正的人生的黄金时代，因为正值精力充沛，身体健康，经验丰富，感情细腻，多才多艺之时，你没有理由埋没那价值无限的财富。只有在这个阶段才可以真正为自己活着，可以不必媚俗，不必烦恼，可以随心所欲地做自己想做的事情。

以前不知道做家庭煮妇啥滋味，尝到了才顿然所悟，怎一个美字了得。

刚刚实践了全天候的煮妇职能，将洗好烘干散发着淡淡香气的衣物叠好，烧好的牛肉在大砂锅中默默地咕咕嘟嘟地把香气穿过厨房走廊，越过阳台传出很远，引得路过的吃惯豪放大餐的金发碧眼们仰望着冒出香气的大阳台，吸吸坚挺的大鼻子，在无奈中走远。那两条鱼静静地躺在暗红色的汁液里等待着余生旅途的最后一步；那些大海虾们身上铺好各种美味调料，由绿白的葱丝和黄色的姜丝在它们身上与黑色的烧烤铁盘构成一幅很美的图画，放入烤箱只消一会儿，就会演变成红艳艳的另一幅“食意”盘图，摆上那黑色的玻璃餐桌，在米奇的啧啧赞美声中结束它们的虾生。还有那绿莹莹的油菜，切成细丝的胡萝卜白菜码在大餐盘中，上面堆放了一些黄色的鸡蛋丝……关于烹调，我认为也是创造，

在这里，厨具与调料都与中国大不一样，没有擀面杖，没有蒸锅，没有大菜刀……没有的东西太多了。为了做出丰富多彩的面食，我发明了奇特的馅饼，我把虾仁切碎，鸡蛋炒香，葱姜切碎，混合在一起倒入炸香的花椒油等；没有韭菜，就把大黄瓜切碎、挤干，与其他材料拌成清香的馅。挤出的黄瓜汁洒入面粉中，再打入鸡蛋添加适量水，调成淡绿色的面糊。在小不粘锅里加入几滴橄榄油，加入一勺面糊，摊成淡绿色的薄饼，并在其中放入一小勺馅儿，将一面翻起盖住馅儿，手持小锅幽雅地一抖腕儿，黄盈盈的半圆形馅饼诞生啦。将艺术品一样的馅饼在盘中码齐，我美滋滋地欣赏了好一会儿呢！

一切就绪，打开笔记本，发了一条信息给米奇："米奇大夫，你妈喊你回家吃饭。"于是，完活。

接下来，悠哉地为自己煮一杯香气袭人的咖啡，大托盘上放上点心巧克力等，端到阳台的木桌上，再打开电脑看看网页，写着，玩儿起来。

剑桥的风

米奇已经适应了医学院的学习方式，学习过程变得顺畅起来，考试取得的好成绩，使快乐挤进我们的这次家庭的乡间度假旅行。米奇预定了剑桥郊外的小农舍，事先与房东订好晚上到达的时间，届时房东会在门口迎候。

米奇的朋友卢西亚和她的男友亚格在笼罩着剑桥的最后一抹晚霞中

向我们跑来。他们已经在不远处的中餐馆定好了座位，为了赶在与房东约好的时间到达住处，他们事先订好了菜。看到桌上热气腾腾的酸菜汤、熘肝尖、麻婆豆腐、麻辣小龙虾等，我们的中国肚子马上就饥肠辘辘起来。难为了希腊小伙儿亚格陪着我们把那些对他来说莫名其妙的东西送进胃里。很快，我们打着饱嗝挤进卢西亚的小汽车，亚格驱车在夜幕中驶出比我想象小很多的剑桥，在习习清风中来到预定好的农舍，告别朋友，进到小屋。灯光大亮着，室内一切应有尽有，小桌上摆放着鲜花，床单洁白，湖蓝色的浴巾散发着淡淡的香气。电视旁随意地摆放着DVD碟片。冰箱里放着足够我们全家吃两天的水果、面包、果酱、黄油。架子上各式餐具一应俱全。还配有洗衣机。我们怀着大好的心情脱下鞋袜，光脚在苹果绿色的地毯上走来走去，我们可以无所顾忌地大声谈笑，反正我们都被幸福淹没了。

在郊外寂静的夜中我们睡得很沉。晨曦中，窗外的鸟鸣将我们唤醒。吃饱喝足后意气风发走出门去，前后端详一下小舍，比想象中要时尚、现代。一家人沿着乡间的小路惬意地散步，路边的荒草在晨光下，散发着诗意的光泽。

每一栋农舍间距离很远，郁郁葱葱的绿色是郊外风光的主体。剑桥郊外农家院景致都差不多。农舍与市内的住宅除了占地大外，没有太大区别。马场围栏中高贵的马们懒懒地卧在青草地上，眯着美丽的眼睛享受着温柔晨光中清爽温馨的快感。

村子中墙壁上镶嵌着原生态风格的花盆，这种壁上的装饰物在欧洲一些国家是很常规的。院落中地上的一块朽木也被用来种花草，很写意。村落中的酒吧叫作“水边的太阳”，这个地方就叫 Waterbeach。

伊利小镇，听说那里的教堂中的下午茶很地道。火车单程票每人 4 英镑，往返 4.1 镑，而且买二送一。在这里生活要不断学习，可以花很少的钱办很多事。由牛津乘火车去剑桥，一个来回全家要 300 多镑。乘汽车每人要 60 多镑，在网上购票更便宜，而且买二送一，所以我们的往返票每人仅花 34 镑。

伊利小镇和大多数英国小城一样，有很繁荣的市场，有纪念为国捐躯的镇民的纪念碑。教堂是周末镇民和游客们的聚会的好去处。我们也来到教堂喝下午茶，照例我喝红茶，顺便吃了午饭，我吃了一份烤大土豆，里面塞满了烟熏三文鱼。这个教堂是该教区的主教堂，规模相当可以。

毕业于剑桥的卢西亚与亚格一起为我们担任了导游，我们一同去剑桥的国王学院寻找当年徐志摩的足迹。运河风光比牛津运河要美很多，河上有两座石桥，徐志摩是从哪一座轻轻地来，又不带走一片云彩轻轻地去的呢？这一座桥肯定是康桥了，因为旁边有一块白石头上刻着“再别康桥”。

天气很好，撑船的人很多，这是九月最后的周日，之后，也许这里与英国其他地区一样，开始进入阴雨绵绵的秋冬时节，米奇他们几个年轻人有他们自己的去处，我和西蒙漫步在当年落满徐志摩足迹的小径上。

两天的假期匆匆过去，在满天火红的晚霞中我们离开了美丽的剑桥，那里的村落、田野、小桥、教堂已经存在我相机的磁卡中。不，柔和的风包裹着亲情和美好的一切，已经占据了我头脑中的一块剑桥专属的空间。

感悟生命

带着对生命的隐性的迷惑，我飞到地球的伤疤——冰岛。当脚踩黝黑的火山岩，伫立在千疮百孔空旷的荒野上，伴随着远处喷涌出热气腾腾数十米高喷泉的震耳欲聋的轰鸣，仰望碧蓝无际的苍穹，刹那间便领会了生命的含义。在茫茫宇宙间，地球渺小如尘埃，地球上的生命则小如尘埃上的纳米颗粒。从那一时刻起，我开始对地球上的所有生物的认识和解析，完全融合在统一的生命共同体之中。

自然博物馆那模拟的星球，在红光衬托下有些恐怖，沿着滚梯进入

星球喉咙的人们，好似已经不堪重负的球体的不速之客。

那里陈列着来自庞贝古城遗迹——在灾难中丧生的动物和人类的遗骸化石。生命在灾难到来的瞬间，飘离躯壳飞往未知的空间，留下的印记在提醒着生息在星球上的生命：地球也会发怒。

日本大地震的情景再现。站在剧烈摇晃的模拟现场，足以让人对地球发威时的恐惧与无奈永远铭刻于心。在此，我拜访了地球的邻居。在太阳系中，与其他星球相比，地球是最为慷慨的行星，他为地球生命提供了氧气和交叠变换的美好四季，为生物构成牢不可破的链接，并以此为根基，产生无止境的生物衍生大闭环。

在美好的地球家园中，小动物们与人类分享着大自然的馈赠生活着。然而，人类的贪婪给其他物种造成的伤害使一些弱小动物对人类的恐惧与生俱来。小松鼠也受过父母给予的安全教育，那警觉的小亮眼睛扫视着周围巨大的人类。

松鼠的小眼睛与小姑娘美丽真诚的大眼睛四目相对，终于迸发出彼此信任的火花。

两只热恋中的鸽子形影不离，累了便蹲在树杈上享受春天柔和的日光浴。

牛马们在人类的干预下自小离开它们的父母，以群居的方式在绿茵场中长大，它们小心绅士地避开小花，有选择地享用嫩绿色的美味。

人类制定了生存的规则，以夫妻的形式结成最基本合作伙伴，除了繁衍后代维持人类生生不息以外，还要相依为伴，直到地老天荒、化作尘土融入大地。地球用广袤的大地拥抱着所有生存在此的生命，脚踏大地便能够感受到地球的呼吸与脉搏，就像婴儿在母亲的怀抱。地球上所有的动物都有相通的灵性，因为懂得相互关爱，彼此依恋。

动物与人类一样，也是有情感的，它们高兴时也会引吭高歌，悲伤时也会放声哀鸣。母爱也是动物们的天性，我一次次忘我地陶醉于动物的母爱中。

人类是生活在地球上最贪婪的动物，在弱肉强食的竞争中，加速地球上生命彻底毁灭是必然的结果。毁灭是最后的强者之歌。

固态的大瀑布

在开足热风的车中，我穿着厚底棉靴的脚仍凉冰冰的。北美的冬天就是这样，雪天不冷，一旦天气晴好，反倒滴水成冰了。覆盖着白雪的大地在阳光照耀下发出刺眼的光。路上的车不多，很快我们就来到了寂静而又萧条的旅游胜地尼亚加拉。这里我并不陌生，在烈日炎炎的夏日，

在轻风习习的秋天，我曾几次来此览胜。这次来专为感受瀑布下的寒冷和欣赏瀑布凝固的奇观。

进入寂静的酒店，在幽暗的灯光下，寥寥无几的旅客懒散地蜷缩在燃烧着噼啪作响的劈柴的壁炉前打着瞌睡。此刻，我却莫名地亢奋起来，就像一个进入神秘世界的探险家，急不可待地想要看看这座与美国接壤的小城在严冬时节到底有怎样的风光。我就是喜欢挖掘人们关注以外的景致。我迫不及待地从车中拖出行李扔进房间，背着相机们重新钻进还有些温热的车里向湖边驶去。

凝固的大瀑布停止了往日的喧嚣，披上勾画着美妙几何图案的白袍静静蹲伏在陡峭的岩壁上酣睡着，呼出的气体形成霜，染白岩壁上的树木枝条。

远远看到大瀑布泛起的雾气中泛起了一道彩虹，我不顾一切地钻出车外，举起相机按动快门。感谢上帝，那道彩虹消失前一刻乖乖钻进了我相机中的磁卡。

感谢可爱的小白镜头，使我能够把冰雪拥抱中的瀑布奇观拉近，并收入囊中。

液态瀑布凝固形成的巨大冰块的雄姿完全可以与南极冰川媲美。不肯就范的液态的水固执地流淌着。那顽强的冰水与凝固的冰搏击着，砸出巨大的伤口，久久不肯愈合。

温度降低，伤口变小；温度升高，伤口变大，最终随着春天的到来，伤口消失成水。究竟是水使冰殇，还是冰使水殇？我漠然……

染上白霜的树是悬崖的眉毛，眉很深很稳地扎根在白雪覆盖的岩壁上，眼睑闭合流出的泪，冻结在那里。

生息在大地上不怕冷的人们在凄厉寒风吹拂下忍受着脸颊的刺痛，对着瀑布的固态雕塑释放着对大自然由衷的敬仰。人类建筑在大自然的

杰作面前显得渺小可怜。我感到此地无声胜轰鸣，大自然是最杰出的画师。多美的画。夜色来临，我忍不住回眸再回眸，枯木发芽会带来满园春色，此刻我却宁愿寒冷永在，白色的雕塑永生。

芳菲来访记

在遥远的故乡，地处美好恬静的南湖之滨的大学城中，曾经有一片掩映在梧桐树丛中玲珑的小房子，那里是我出生并成长的地方。精通园艺的母亲在繁忙的工作之余总是把我家房前屋后装点得花团锦簇。芳菲的家就在我家后面，她家门前的铁篱笆墙夏天总是缠绕着绿色的豆秧，上面挂满了果实。当然，那是芳菲邻居家的杰作，芳菲和父母挤在一间仅 14 平方米的小屋中，因为她才华横溢的父亲是右派。但这并不妨碍我和芳菲的亲密往来。在我少年的记忆中，芳菲的家永远被她母亲整理得一尘不染。她美好温馨的家是我很喜欢去的地方，狭小的空间并不妨碍我在那里吮吸浓重的书卷气息。那时的芳菲话不多，学习成绩很好，尤其是文科具有很高的天赋，这一定是来自她父亲的良好基因。后来，我进入工科院校，她父亲坚持她学医；再后来，我们分别被冠以工程科学博士和医学博士头衔；再后来……几十年来我们各忙各的，几乎没有交集，奇怪的是，我的家和她的家经常出现在我们彼此的梦中。直到十多年前国内“非典”肆虐的日子里，我在国外的媒体中看到了有关中国呼吸科专家芳菲教授在病患集中地抗击瘟疫的报道。

几十年来，因工作跑过几十个国家的芳菲从没顺便停一下，看看地球各处的风景，即便在国内也从没休过任何假期。时光荏苒，我们不再年轻，芳菲终于第一次为自己安排了 12 天的出国休假。第一站，就来到我在渥太华的家。

出发当天，电话没能顺利接通，因为她在查房，她放心不下众多的患者，职业已经成为她的习惯。我能为她做的就是安排好温馨舒适的卧房，买来新鲜水果和青菜。烹制了大大的一块儿酱牛肉，还有卤蛋等美味。一切就绪，家中飘着清香，就等披一路风尘的芳菲驾到了。

芳菲是直接由病房去机场的。一路顺利，在接机口，看着走下楼梯的芳菲在忙着给学生发微信，安排着工作。哎，忙人芳菲，停下和我拥个抱吧。

夜色中，芳菲来到我的小巢，她居然没有倦容，直接就近拉开一

扇门顺着楼梯下到地下室，说先视察一下。看过各处，给了结论：房间利用率不高，可惜了。晚饭后，退黑素帮忙，芳菲进入梦乡。清晨，我们驱车去200公里外的千岛湖景区观光，已在网上订好船票，那里有1865个自然岛。

顺利登上皇后号游轮，岸边一切似曾相识。想起来了，之前我和西蒙没走水路游过此地，那里曾是我们散步的地方。兵营就在古城堡中。

河边的别墅多姿多彩，家门口这么精彩，我居然还跑到挪威深山寻

找小木屋享受清静，真是有些莫名其妙。每一栋别墅都有独特的地方，有密林深处小屋，有峭壁下的木宅，不论哪一种都与水和船脱不了干系。

不同岛上的客人到水中央集结，在阳光下暴晒。岛不论大小，开发得都是恰到好处，自然天成与人工雕琢配合得天衣无缝。在水一方，享受小桥流水人家的温馨可人小世界。后悔没带望远镜，我的长焦镜头最大也就是这样的效果了。

机帆船拖着小艇漫无方向地走着，小艇上的人很舒服地躺在那里晒着太阳。在玩儿上，他们真是我们的师傅。看到皇后号开来，石崖上的哥们一个飞燕展翅跳入水中，可惜我的手慢了半拍儿，那人已落入水中。

千姿百态的岛诱惑着我，此刻我有点渴望当岛主了，拥有一个属于我的岛，在上面成立一个共和国，我当国王，当然啦，当王后也行。

在水中漂了 3 个小时，上来看看 Kingston 的市貌，这昔日的加国首都很适合养老，休闲安宁是这里的主旋律。返回途中经过渥太华的中国

街，中国式的大牌坊赫然屹立在路灯笼罩下的唐人街口。

抓紧睡个好觉。天一亮就忙着去渥太华市中心观光，渥太华这座文化城市有很多值得认真看看的地方。运气很好，邂逅皇家卫队，鼓乐声中，三伏天头戴大皮帽的帅哥们很有节奏感地迈着检阅步伐。我真佩服被称为日不落帝国的英国，影响力之大，也许这来自有板有眼的规则吧。

来过很多次国会山，每次都有新感受。我是个很称职的导游，先带芳菲去了国会山的后院，我对这些照片的构图都很满意。

用广角镜头拍国会山大场景效果的确不同。这建筑结构怎能阻止我心潮澎湃呢。

在穹顶下的国会图书馆里，喜欢书的芳菲激动得泪眼婆娑了。

图书馆中每个省都拥有一个小单元，英国女王在馆中是具有一个专属席位的。

加拿大的总督府是公开的，穿过绿草如茵、树木葱茏的庭院，在总督家门前，卫兵像雕像一样伫立，我拍完照很有礼貌地向他道过谢离去。

总督家虽大，但并不奢华，很整洁大气，有很浓郁的艺术气息。墙的色调有点夸张，但很中我意。

本来芳菲的机票是在第三天的下午两点，在我的建议下，她把机票改为晚八点由蒙特利尔出发。于是我们最后一天去了蒙特利尔观光。当面对宏伟壮观的圣约瑟大教堂时，性情中人芳菲又一次被如此气势磅礴的建筑震撼得热泪盈眶。站在教堂从高处远眺，我也有些心潮澎湃了。

告别的时间到了，我不忍看芳菲又一次潮湿的眼睛，拥抱后挥挥手，留下思念和祝福。

在土耳其攒下的故事

这是多年前我在土耳其工作期间的故事。

误把祖坟当时装店

具有悠久历史的土耳其，一直是我希望探求的充满神秘色彩的文明古国。奥斯曼帝国的兴衰，一直为研究这片贯穿欧亚大陆的古老土地的历史学家们所津津乐道。为了满足我对这个国家的好奇心，工作之余，

每个周末我都去伊斯坦布尔参观数不清的名胜古迹。

一个晴朗的周末，我一人兴趣盎然地行走在伊斯坦布尔充满穆斯林气息的大街上，突然发现了一个很宽敞、造型奇特的水泥建筑，从大门望去，里面若隐若现地分布着许多没穿衣服没有头的时装模特。我顿时来了兴趣，十二分地想看看穆斯林风格的时装到底是什么样。在大门口，我被守门人拦住，因不懂土耳其语，猜想可能是让我买入场券。我拿出钱袋（因土国盛产重金属，重金属钱币很重，我只能特意准备了个较大口袋装钱）让守门人拿了几个币子，随后递过来的不是入场券，而是一条花围巾。我不解，心里嘀咕着，逛店还要强迫买围巾。因没法与他们交流，只好自我安慰，土耳其风格的围巾有一条带带也不错，于是带着示威的神态当着守门人的面把墨绿色的围巾胡乱缠在头上。走进建筑，发现里面除了摆满一排排大大小小蒙着绣有各种图案绿布的上尖下平的七面体外，根本没有时装。我找到一个懂英语的外国游客进行了详细咨询，终于弄明白了其中的奥妙——我走进的是苏丹家族的祖坟。那摆满一地的七面体里面安放着奥斯曼帝国的数代统治者苏丹家族先人们的遗骸。其中有国王，也有刚出生就被瘟疫夺去生命的婴儿。不论长幼，能躺在那里，象征着生前身份的显贵。那每座棺木前伫立的被我误认为模特的物件，或许是亡者灵魂通往穆斯林天堂的通道，也或许是描述亡者生平的纪念碑，因有栏杆挡着不能靠前，只能在心中留下悬念。因历史久远，我相信来这里的人大都是探访古迹而不是缅怀什么人了。尽管如此，根据穆斯林的习惯，进入坟墓的女性必须头戴面纱，只露出眼睛。我把面纱当成围巾戴了，实在是对苏丹祖宗们的大不敬。走出坟墓，我仰望蓝天，感受到重返人间的释然。

不久后的又一个周末，我仍然来到伊斯坦布尔猎奇，发现一座建筑前挂了许多花圈，我想运气真好，赶上正宗的穆斯林葬礼。我上前询问得知五美元一张票，心想土耳其人真有经济头脑，竟然到了拿死者赚钱没商量的境界。为了满足对穆斯林葬礼的好奇心，我毫不犹豫买票进场，进去一看，我又错了，这哪里是什么葬礼，而是一个艺术展览会。既来之则安之，我认真的观摩了土耳其的艺术，从陶瓷到绘画应有尽有，暗自庆幸，5 美元——值!

寂寞孤独中的伙伴

在土耳其工作的日子里，为了与穆斯林国度诸多清规戒律保持一致，最明智的做法就是充当外星人的角色，外星客生活纵然有趣，但付出的代价是品尝超乎寻常的孤独与寂寞。好在我生来就是一颗蒲公英的种子，不论飘落哪片土地上都会扎下根来，顽强生长着。不久，一些朋友和伙伴便出现在我孤独的生活中。

清晨，我推开房门，一只黄色大脸猫蹲在门口，友善认真地同我打着招呼，它的叫声与中国猫完全不同，其韵律与吟诵古兰经韵律十分匹配，我意识到它讲的是土耳其猫语。礼貌地打过招呼后，它气宇轩昂地迈着方步走进我的公寓。有家的没家的猫们都是穆斯林信徒们的宠儿，它们被喂养的毛色光亮，营养极度过剩。长期以来，流浪猫们继承了它们祖辈们的一贯做法，走家串户理直气壮，吃好喝好没商量。这是一只老道的流浪猫，进门就蹲在冰箱门前，扬起渴望的大脸讨好地望着我。我打开冰箱，从里面拿出香肠款待客人。它吃饱喝足我也该上班了。猫们也有它们的潜规则，吃完该哪哪去。它同我一起走出家门，蹲在公寓门口的石墩上，我走出很远后回望，它仍在向我行注目礼，温馨的热流顿时在我心里涌动。

傍晚，我披着晚霞回家，远远地看见那只大脸猫蹲在石墩上等我，每每这时，夜幕中的小身影都会使我加快脚步。就这样，我的公寓成了这只大脸猫早晚两餐的食堂。与早期不同的是，它了解了冰箱的结构，知道什么地方放着它的美味，它学会了用那硕大的爪子开闭冰箱，取拿食品。终于有一天，冰箱里的肉类食品吃光了，它最后一次来吃早餐发现冰箱里面只有让它消化不良的奶酪和面包。它义无反顾地掉头就走，看不出有任何留恋。我不得不服，真是拿得起放得下的东西！从那以后，我坚定地认为，猫不是可以信赖的朋友。尽管有时会出于慈善的目的偶尔救济一下处于水深火热的猫们，但决不会再动真情。

幸亏我在交友问题上没有在大脸猫一棵树上吊死，在结交大脸猫为友的同时，我还有两只狗朋友，这是两条英俊的大黄狗，每天早晨一左一右护送我上班。它们有时伸出两只爪子搭在我的肩上，用两条腿走上一段。到达目的地后，它们会停下来，蹲下目送我走进大门。就这样日复一日，它们如同卫士伴随在我的左右。我常和它们呢喃对话，它们充满灵气的黑眼睛流露出对我的理解和敬仰。以前我是怕狗的，但在极度孤独中，狗，如同天使来到我的生活中，陪伴我直到离开这个我工作半年之久的穆斯林土地。从此，不论什么时候，只要有狗出现，我都会主动问候它们。很多年过去了，留在那遥远国度的两个朋友可能早已离开了这个世界，但它们留给我的美好印象永远留在我的心里。

吃的差异

老虎爱吃肉，小虫子是鸡和小鸟儿们的节日圣餐；小鱼是大鱼美味首选；虽然已经进入小康多年，猫儿们与老鼠老弟提前建立了和谐社会，在一般情况下，猫就餐时把老鼠的优先权排在猫粮之后。但在那温饱岁月中，老鼠对猫可是头等美味佳肴啊。至于人类，我一直以为，天南地北间各类人种对于吃的差异也就是西餐、中餐和日本料理之间的差异。当我勇敢地只身来到土耳其后，才发现我是何等的孤陋寡闻。

在伊斯坦布尔漫游累了，随行的本地朋友请我吃他们认为的美味快餐：一张大烤饼，有点像比萨，上面布满精心炮制的碎牛肉（味道怪怪的），还有一杯可乐之类的饮料。本地朋友吃的时候会把酸奶浇在饼上。

中午的工作餐是免费的，全体人员不论职位高低，吃的内容是相同的，上千人的大食堂，秩序井然，大家排队领取食品，每顿饭必有酸奶、汤、主菜和甜品。他们吃酸奶喜欢放一种类似干树叶的东西当调料，我试过，加了“干树叶”的酸奶咽不下去。我发现中间桌上有白砂糖，我每次都在酸奶中加白砂糖，同事都笑话我的吃法。去土耳其前，我爱甜食就像老鼠爱大米，但土耳其的甜食却让我没法消化。本来就很甜的腻人的点心上面还常常浇上厚厚一层蜜汁。吃饭时，我总要同那让人一筹莫展的汤及浇满甜汁、装满牛肉的陌生的瓜进行心理较量，看看怎样送入食道才能痛苦小些。而我周围的土耳其同事盘中餐很快就所剩无几了。

一天我去食堂就餐，发现偌大的食堂只有十几个人，其他人都在走廊领取大面包。后来我才知道斋月开始了。穆斯林信徒整月在太阳升起直至降落期间不进食，只喝水。直到开斋节才开始正常进餐。我问一位同事饿不饿，她说，他们的主保佑他们，不饿。

斋月中，我和几位来自美国的异教徒们在空荡荡的大食堂中享受了一个月的清净。那年开斋节正好与中国春节大年三十是同一天，周到的瓦斯比教授夫妇请我去他家过节。瓦斯比教授夫妇在美国多年，不是穆斯林信徒，但他的两个儿子却是正宗的穆斯林。那天，面对满满一桌美味和美酒，大家必须要等到阿訇在电视中念完古兰经才可以开吃。我真是服了可爱的穆斯林信徒，饿了一个月，居然面对美味美酒还能从容等候电视中的老头磨磨蹭蹭地把经念完再吃。瓦斯比教授的小儿子那年才 10 岁。信仰的力量真是太大了。

走近他们

我工作的研究院坐落在离伊斯坦布尔大约有一个多小时车程的小镇附近。工作人员大都住在附近的城市，每天靠大量的通勤车接送上班。只有少数位置较高的科学家可以享受居住在研究院公寓的待遇。为迎接我和另一位来自布拉格的捷克学者的到来，瓦斯比教授和夫人在研究院的家中设宴款待我们。那天傍晚，当我走进瓦斯比教授美好温馨充满西方文化气息的家中时，他的两个儿子很有礼貌地站在门口迎接客人的到来。他们很习惯地上前与客人们拥抱贴脸（这是土耳其的礼节），然后来到我的后面帮我脱下外套。因为捷克学者是男性，便不享受这个待遇了。房间里，飘着烤肉的香气。瓦斯比教授打开留声机，古典音乐柔和浪漫的旋律顿时弥漫在客厅。由于瓦斯比夫妇在美国生活工作多年，已经背离了普通的土耳其人的习惯。席间，我们轻松地谈论着各自国家的习俗。我认真地表达了来到土国后的初步印象。当我谈到在我这个中国人眼中，土国女人真的不知比土国男人美上多少倍时，在座的两位夫人不约而同起身举杯向我致谢，而男士们着双手捂眼大叫。可爱的土耳其人！在一片美好和谐的气氛中晚宴结束了。小哥俩仍礼貌地站在门口与客人告别，哥哥拿来我的外套帮我穿上。在返回住处的路上我感到来时充满对陌生的国家、陌生的人和陌生的一切的忐忑感觉已消失得无影无踪了，友谊与温情充满了我的身心。

在我开始了紧张工作后不久，有一个叫阿西亚的女研究生打电话给我，希望住到我的公寓给我做伴，这样她可以省去每天往返伊斯坦布尔家中的时间而用于学习了。一向好说话的我，同意了她的请求。很快，她搬着硕大的行李住了进来。这是一个非常穆斯林化的姑娘。她搬来前作了认真的准备，买了很多新衣服，她说都是时装，这些所谓的时装在我眼里就是一些穆斯林袍子而已。她的生活习惯在我看来效率很低。每次进入卫生间没有一小时很难出来，出来时一定要全副武装，即使睡觉前也是如此。我告诉她不必这样，但戴面纱的民族习惯一下是改不过来的。她的住处常常飘出很奇怪的味道，她说是香水，在土耳其香水的熏陶下，我犯了失眠症。我决定她既来之，我则安之。为了恢复我的正常生活，我下决心帮她把习惯彻底改一改。首先，我把她微微弯曲的一头秀发绾成一个大发髻，她面对镜子时发现了自己从没有过的现代美，从此，她对我的审美水平佩服得五体投地。每天早晨我穿上运动服跑着上班，她穿着她的拖地“土式时装”想跑也跑不快；下班后，我叫她把所谓时装剪短半尺，她立即照办。至于香水嘛，用我的好了。每天有空就给她上课，讲现代社会的各种理念，她慢慢改变了过去的土式古典生活习惯，成为我的生活伙伴和卫士。一个周末，她请我到她在伊斯坦布尔家中做客，之前，谈天时我了解到她的家庭是再普通不过的平民，我很希望了解真正的土耳其社会，于是，我爽快地答应了。

周六一早，我们坐班车来到伊斯坦布尔，下车后步行沿着泥泞的街道，向阿西亚家中走去。沿途，我看到了保存完好的两千多年前奥斯曼帝国时期的古城墙，我想，这样看来如此观之不雅的土墙若在我们国家可能早就被夷为平地了。来到阿西亚家，见到了他的父母和兄长，那是个非常淳朴的家庭，从家中刚进行过的清扫和预先准备好的食品可以看出，他们对我这位远方来客的重视。因为是在冬天，屋里很冷，我发现屋中央摆着个像大茶壶一样的东西，问过才知，是取暖用的煤气壶。看来，土耳其的实际生活并不像我在研究院感受到的那么美好。吃过饭后，我想去附近的清真寺看看，老妈妈拿出面纱让我围上。我们来到他们去祈祷的小清真寺，那里面整洁而干净，我仔细翻看了阿訇的古兰经，坐在阿訇的位置上体会主宰臣民灵魂时的神圣庄严之感。晚上，我睡在她们为我安排的最好的房间中，依傍着大取暖壶，一夜仍因为寒冷而无眠。

周末闲话

晨光透过窗帘的缝隙挤进我那温馨的小巢，眨眨眼睛看看周围，眼前的一切都是那样清晰。昨夜被徐志摩的散文吸引，深夜入眠，一夜无梦。这是周末的清晨，拉开窗帘，白露时节的天高云淡只是铭刻在记忆中，天空一如既往地似阴似晴灰蒙蒙的。

我端着放有简单早餐的小托盘来到客厅，边看电视实时新闻，边吃早餐。托盘中只剩下一只硕大妖艳的桃子，它使我不觉地想到白雪公主后母递给她的毒苹果，我犹豫着没有一口咬下去，于是拿出水果刀，将那令人生畏华丽外衣削去后才送入口中。水分很大，淡而无味儿。

为躲避拥挤，我决定赶早去游泳。此刻，去棒槌岛海滨休闲的车已经开始拥堵。进入绿树成荫的海滨，发现了很多警车，和戴着墨镜全副武装的警察。我像以往，直奔游泳馆前空旷的停车场，保安将我拦住，说今天有贵宾，任何车辆不得靠近。这种事情我已适应，见怪不怪了。不久前，晚上 10 点左右，在由棒槌岛回家的途中被拦下，那无人的道路上有一名不知守候多久的小警察，用戴着白手套的手，示意我将车开进路旁的草丛中，其实那蜿蜒的林间公路上只有我一辆车，我不忍为难小警察，听话地停在路边，直至贵宾的车走过，我目送小警察沿着望不到边的公路走下去，我想，他的妈妈一定在焦急地等他回家吃饭呢。还好，今天只是停车场不让靠近，我可以进入游泳馆。

时间还早，空无一人的泳池的水面看上去像一面镜子，我轻轻进入水中，感觉自己像一只天鹅，身后拖出辐射状的水线，我休闲自在地在寂静的水中游弋着，浸泡在水中的脑袋却没闲着，我思考着外面那些忙忙碌碌的警车和警察们，为了保卫贵宾在秋日里暴晒，是充满自豪的使命感还是谋生的无奈？还有那贵宾，也许在周末以一个公民的身份偕同自己的家人来到这里和大家分享大自然，肯定会获得更多快乐的。

离开游泳馆时，外面还是处在警戒状态，远处有结婚的花车慢慢驶来，新郎和新娘从开着的天窗挤出身来，他们用拥吻展示着幸福。我想，一会儿到了海滨，当武装警察来到车队面前时，将会是怎样一幅大煞风景的画面。

幸运的马丁

很多年前，我在土耳其工作期间遭遇波斯血统大脸猫的无情背叛，自那以后，我一直对猫们保持着感情上不卑不亢的距离感 。 直到那年端午节，我不情愿但又不得已地与它——一只可怜至极、出生不久即被遗弃的婴儿猫结下了为期 3 个月的渊源。

那年端午节又是周末，我带学生们去乡间踏青，在去学校与学生们汇合的路上，一个会动的小毛球在马路上慢慢移动，眼看就要进入我的车轮下，我断定这是一条生命。于是我急刹车，停在那宽阔的马路中央。那是一只小猫，小家伙拼尽全力一跳跳上车轮毂，然后蜷缩在那里瑟瑟发抖。我伸手把它拉出，本想将它放在路边安全的地方，但看看手中的它是那样弱小，眼睛还没完全睁开，再次遗弃将意味死亡，于是，我把她放到车里带到实验室。从此，实验室多了一个幼小的猫类。学生说，它那神奇的一跃，改变了本是悲惨的命运，进入了贵族猫的行列。我给它一个不俗的名字——马丁。

接下来，我为它买来猫床、猫食、猫沙、由于它出身于流浪家庭，生来身上长满寄生虫，还有严重的眼疾。我为它买来各种药物及洗涤液。我嘱咐学生接触猫后一定要洗手。学生们为它拍了照片，当时马丁的形象真是惨不忍睹。学生们上网为它寻找好心人收养，那可怜相哪能竞争过帅猫哥和美猫姐呀。就这样，马丁在实验室住了下来。

马丁是只有情有义的猫，深知谁是它的大救星。每每我在她面前出现，它总是竭尽全力向我表达对我的敬意。作为猫，怕水是天性，而马丁深知大救星爱干净，所以在沐浴时全力配合，安静地蹲在盆里，即使浴液进入眼中也不挣扎，极力摇头表示痛苦而已。洗完擦干，自己蹲在太阳下晒干毛发。逐渐，我对它有了好感，每天，下班前去它下榻的阅览室看一下。我发现它能够识别我的脚步声，每次开门都在门前恭候。当我离开时，它都用两只软软的小前爪抱住我的腿不放，以此表示对我的不舍。它的胆小源于遗弃，所以生怕再次失去栖身之地，每次我把它放在走廊让它跑步健身，它都会瑟瑟发抖地躲在阅览室旁边的角落中，一旦发现开门，就一个箭步窜回屋里。为此，我为它买来小皮球和毛公仔作为它的伴侣。

逐渐，马丁长大了，身上的毛在阳光下闪着健康的光泽，两只大

眼睛射出的光，足以透视它与众猫不同的智慧。丑丑的样子不见了，变成了一只人见人爱性情中的美猫。一位出身于爱猫世家的女研究生与它建立了深厚的感情，征求家长同意后，决定将它带回上海家中长期收养。为了马丁的空中旅行，我专门买了一只漂亮的蓝色宠物旅行箱，并进行了一系列的检疫手续，办理了身份证，那证件上有着马丁可爱的小小的彩色标准像呢。

分别时刻，马丁看着我那祈求不舍的目光让我至今难忘。

时间过得真快，现在马丁早已是大姑娘了。听说在新家中，它集万千宠爱于一身，现在正在进行减肥运动呢。

疲惫的蟹爪兰

每当有客人来访，都会对我在办公室中培植养育的花草赞不绝口。赞巴西木姿态挺拔，赞四季盛开的紫罗兰婀娜多姿，赞文竹亭亭玉立，赞环绕书柜蓬勃生长的绿萝那有个性的造型，不时还会对茶几上的大花盆中那叶片簇拥下挺拔的小家碧玉发出由衷的赞叹：哇！小家碧玉竟然

能长成这般硕大健壮。大家唯独很少关注桌脚摆放的鸟巢型花盆中那茂盛的深绿色的蟹爪兰。

严冬到了，这是蟹爪兰开花的时节。去年的这个时节，盛开的蟹爪兰花那动人心魄的美，在北风凄厉的严冬赋予我充满无限生机的心灵感受。记得去年的此时，那一株株婀娜的花如同在天空飞翔的红衣天使，在绿叶的支撑下展示着充满自信的向上的力量。一年来，在我的精心呵护下，那阶梯状的叶片，一节节向上攀缘着，看上去挺拔而充满生机。不久前的一天，我发现粉红色的花蕾悄悄地在叶片的顶部冒了出来。几周后，美丽无比的花争相绽放，为了衬托花的魅力，我将一盆盛开的紫罗兰放在一旁，工作时，我的目光常常从电脑屏幕移开投向那嫣红的花们。时不时我会走近花盆，俯身仔细观察那娇嫩欲滴的花朵。装上微距镜头拍下了一年一度美丽的蟹爪兰花。我发现，今年的花美丽依旧，但曾经昂然的花朵大都呈现向下的姿态，那支撑花朵的叶片失去了往日的水嫩光鲜，显现出疲惫的皱褶，但仍然竭力地支撑着美丽的花朵。终于有一天不堪重负，那支撑花们瘦弱的叶干弯下了那曾经挺拔的腰，但依旧不懈地向美丽的天使们输送着营养的汁液。我的心有了些许的痛，为那日渐虚弱但仍然倔强着的叶干。它们累了，它们不堪重负，却已竭尽全力，它们把全部的灵与肉化作燃烧的嫣红色彩，注入天使的体内，把美丽送往人间。

美丽倔强的蟹爪兰，你是真正科学家的化身啊！生命的大部分都在默默低调地酿造人间幸福的汁液，一次次燃烧包括自己在内的所有能量，化作人类幸福之光。而在闪烁之后，消失在无人注视的角落，默默地孕育着下一批美丽的天使。这些天使将诞生在下一个冬季，而等待着你们的是下一次脱胎换骨的阵痛。

实验室里的厨娘

自从米奇离开家独闯天下，我这超级厨娘就完全下岗。在国内的家中有一个宽大的厨房，本打算专为款待自己的胃而在此不断创新，可无人捧场，没戏。像作家一样，厨娘的创新也需要灵感，所以，我的厨艺水平很快下降到自己都无法忍受的程度，于是，美丽宽大的厨房一直纤尘不染。我几年来的习惯是，心情压抑时吃左岸或凯宾斯基的大餐，心

情快活时去温馨小店吃家常便饭。遇到干净可口的就常去，把那里权当自己的餐厅，服务员熟悉我的程度不亚于我的家人，不用我点菜就会利索地端上凉凉的炸酱面和削了皮的黄瓜。几年来，我吃遍本市大街小巷。在同事中我是当之无愧的美食顾问。每当聚餐，大家会不约而同地问我，去哪？

终于，我这下岗多年的厨娘又有了施展才艺的机会。

学校放假了，我的大部分学生仍在实验室工作着，我习惯常去他们的工作室走走，发现桌角堆满了方便面。原来，假期学校食堂已经关闭，学生们只能靠方便面充饥。我立刻带他们去超市买了各式食品和青菜，放到冰箱里，让他们自己做些有营养的饭菜。可这些聪明的年轻人们在厨艺方面的弱能激活了我重操旧业的激情，从那天开始，我以一锅香味扑鼻的牛腩炖萝卜，开始了我厨艺灵感复苏的第一战。第二天，我发现一锅菜吃得精光；接下来我的作品是红烧肉、鱼炖豆腐，总之每天花样翻新，从不重样。昨天，我成功地烹制了一锅西式牛尾汤，走廊弥漫的香气吸引着实验室中的馋猫们一改专心科研的习性，早早就期待着我的电话："需要吃饭的，过来！"学生们终于向我申请，来点儿素的吧！

烹调与我们所从事的科研，其实仅仅是异曲同工之别。同样的菜，不同的做法，味道是不同的，重在创新。做什么都一样，只要有兴趣，就一定能做好。

画 趣

那年秋，我对绘画发生兴趣，先是开始画油画，把家中阳光灿烂、暖气融融的起居室当作画室，拉开架子，旁若无它地在里面大画其画。同在屋檐下的老战友先是欣赏有加，对每幅画作认真品评，我则兴致日益膨胀，把家弄成了油匠房，地板上油迹斑斑且不论，空气中充斥的浓浓的油彩味儿让老战友终于忍无可忍，先是动之以情再晓之以理，向我贩卖油味儿与健康的关系论。他的中心论点是“油画诚可贵，生病价更高”。我很倔，咬住艺术不撒嘴，发展到回国休假，见墙上的蚊子血都要用油彩涂上红玫瑰。整个夏季，不规则分布的形态各异的红玫瑰绽放在我的卧室的墙壁上。躺在铺着小玫瑰花图案床单的床上仰视屋顶四壁，那分明是皇宫才有的三维写意大画呀。更有甚者，我蹬着凳子把小居客

厅的一面雪白的墙用油彩演绎成高山流水大树纵横的深山老林。老战友脾气还行，只是苦涩无奈地摇摇头，哀叹“可惜了上好的环保白色涂料。”

终于有一天，朋友抱来一捆宣纸和文房四宝，让我试试笔墨，她期待我成为书法界一名新军。试写大字，很小儿科的结果，不太用功，用墨涂鸦不留神涂成了大公鸡，结果可想而知。后来又迷上了国画，从此，家中的油彩味儿变成了墨香。

自从去年夏天在陋室中用笔墨涂出大公鸡，便又开始迷上国画。期间发现了一切奥妙都在笔法、墨液及画彩浓淡中。形似与点睛结合，从而导致奇特的神似结果。画毕，退后细端详，越看越神。

只是宣纸上画出的美图皱巴巴，弱不禁风，朋友亲自操刀用那巨大的熨斗熨烫妥帖后贴上两面胶，再用绫贴边……在朋友的巧手打理下，那美图变身古典画，我谦虚地甘当小徒，半天后出徒，即可独立承担机裱业务。之后发现，正宗的千秋万代的国画是要用脱筋糨糊来裱的，于是上网查询有关手裱技法后，根据网上指导，买来大排笔，亲自洗面筋，熬糨糊……没有多少周折便裱出平展展、硬挺挺的美画芯。我不喜欢太古典的有轴画，就把画芯放入精美的镜框中——那叫一个美。

出了鸡年就是狗年。为迎戊戌，和狗们飙了些时日，画出似狗非狗的动物。细细看来，自我感觉比真狗更有神韵。会画画的家兄发问，你那狗的毛发怎么像鸡尾巴呢？那还是有区别的呀！鸡尾是上翘飘逸型，哈巴狗毛是下垂中分式，不一样的！其实我也私下里认为，孜孜狗身上真有孜孜鸡的痕迹呢！

小结与女友

怎么也改不了说走就走的习惯，几十年一贯如此，从地球东走到地球南，又从地球南跑到地球西，折腾够了又跑回地球东。此间对人类科学进步尽职尽责自不必说，于己而言，一大圈绕下来，最大的成就是绕大了米奇小朋友，并给他绕回了两年时光，16 岁就进了大学。我呢，从那时起痛下决心不再折腾，好好在一处稳稳地生活，为母尽孝，为国效力。弹指一挥间，10 年流过，送母远去，桃李芬芳。10 年稳定期一过，

我又开始游弋于地球那些没多少人去过的犄角旮旯，好不快活。近期又由海外游荡回府，发现周围已物是人非。在老宅住着也没消停，说走就走的老毛病又犯了。这天，想到了那个生活工作了10年的海滨城市大连，一阵躁动，天刚亮就向那里奔去。

在大连10年，是我高尚纯粹的10年，是忘我到不食人间烟火的10年，是我把自己关在实验室带领众弟子努力造就机器人的10年。如今，又一次踏上记忆满满的土地。见鬼！以前怎么不知道这地儿这么美！在刚造好不久的跨海大桥上走走，听着音乐，望望窗外，回忆起那时每天早晨我听着音乐，打开车窗，在滨海路上吹着海风，计划着一天的工作，直到在黑石礁附近被拥堵在那里，多次情急之下几乎弃车出走的情景。

大连的日子，我的轨迹三点一线：巢穴、食府、实验室。现今故地重游，也就简单得不能再简单了。一贯不喜欢给他人添乱，没有打扰仍在日理万机的故旧及友人，自己驱车绕校园一周，远远眺望曾经盛满辉煌的实验室，缅怀了一下自己为国尽责的激情岁月后，再悼念一下在那里逝去的10年光阴。把车开到曾住过的小公寓下面，下车仰望4楼的那扇难忘的窗。6年前，楼下大号煤气罐爆炸的巨响又一次在耳边响起，那是一种撼动灵魂的巨响，安睡在爆炸点正上方的我居然毫发无伤，那种幸运怕是几辈子都难遇的。从那时起，我把自己每一天都看成是捡来的，所以，满足感一直伴随着我。

绕完回忆路已经夜幕降临，到曾经的家走走，在院子里散散步，看到老朋友的家门口停放着我熟悉的白色吉普，旧日里有趣的故事从记忆的深处一股脑儿地挤了出来。她，一位大学二级教授，一个长发飘逸的漂亮女人，我的酒肉朋友，此刻在北京开会……都说相见不如怀念，擦肩而过是最好的安排。那时，我家那扇门只要被她敲响，开门看到的肯定是一幅难忘的画。

那次，开了门，她怀抱一瓶从他先生藏酒处拿来的红酒，歪着头，说家里没吃的，一起吃点啥。其实，同为大忙人的我也是不在家开伙的，朋友来了，酒也来了，我的兴趣也来了，穿上卡通围裙，在一尘不染的厨房，一会儿工夫就打理出一桌酒菜。接下来，倒酒，大吃。这时电话铃响，她有任务，于是起身，一步三回头地告别好酒好菜，走了。我独自开喝，酒的度数很高，但味道香醇，一不留神儿喝光了一瓶……只觉犯困，站起身怎么也找不到哪一扇门里有可以睡觉的床。再一次敲门，估计是太晚没有饭吃，门开了，看她又是歪着头怀里抱着一大罐牛奶，据她说是直接来自奶牛身上的奶，味道纯正得很呢！和她一起喝酒吃肉时，我们之间有着合理的默契，就是绝不谈工作，所以很休闲，彼此都可以从超负荷的状态下获得片刻的休息。

我一向不迷信，母亲突然离世的日子里，我不知如何释放心中极度的悲伤。是她下班后有空就来我家陪聊。那天，她又一次敲响我的门，怀里抱着一大捆白色的百合花，这次目光凝重，头没有歪到一边。我问她，别人都会烧纸当钱送给故人，能管用吗？她说管他呢，烧了再说。外面刮着大风，她从厨房翻出大马勺拎在手上，和我出了门，学着别人的样子在路口点火烧了起来。为防止火灾，她挥着大马勺在风中左挡右扑，那情景至今令人难忘……那轻轻的敲门声已经铭刻在我的心灵深处，还有她那双毛嘟嘟满眼无辜的黑眼睛。

夜已深，回忆的程序还在运行中。驱车去港湾广场，渔人码头的夜宵是记忆中的美好结点。此刻并不饿，但还是要吃一点什么的。午夜时分去东港看看，听说那里新建的高新园区很壮观。海滨之夜把我迷透了，啤酒花园中还有人在喝酒聊天，五光色的彩灯，清凉的海风……我没喝酒，但却有些醉了。

远去的湖泊

岁月如梭，过去经历的一切如同一首首难忘的歌，时常回荡在我的心中。由那些歌的旋律，可以感受到印度洋沿岸美丽的风光、大西洋彼岸雄浑有力的时代脚步、英吉利海峡悠长历史长河的涛声、地中海沿岸的文明、加勒比海岛国的淳朴和香江飘来的紫荆花香。然而，在心灵深处，最使我心动的歌谣却是来自故乡的一处小湖——南湖，那是我生命的发源地，跨越久远时空的歌谣与我生命的脉搏息息相通着。

春天，柳枝抽出嫩绿的枝芽，毛茸茸的新草像一片柔软的地毯覆盖在复苏的土地上，蔚蓝的天空飘动着形态各异的云朵映在寂静的湖面上，构成一幅美丽的风景画。清晨在湖畔漫步，踏着露珠耳边倾听着悦耳的鸟鸣。孩童时期的我们，喜欢吮吸着清新的空气在湖边小径上尽情奔跑，那美妙的感觉岂是心旷神怡所能概括！

夏天，南湖岸边婀娜的柳枝倒映在清澈的湖中，小鱼和蝌蚪在靠近湖岸处伴随着清脆的蝉鸣自由自在地游弋。湖北岸上爬满藤萝的石廊，是老人和孩子们休息嬉戏的胜地，孩子们在那里尽情地玩着捉迷藏的游戏，那里还有各种造型的秋千。湖上有一座造型独特的木制卧波桥，远远望去，好似一条系在湖上的美丽围巾。在公园的密林深处有一座大戏台和一片花园，花园里的大丽花以品种繁多而远近闻名。周末，来公园休息的人们在手风琴的伴奏下跳圆圈舞。那时，社会好像是个大家庭，人们是那样和善和友爱。南湖公园里有一个大游泳场，夏日里，我们常去那里。附近的小河清澈见底，河中有很多形态各异的石头。我常光着脚丫在小河中洗泳衣。

秋天，湖边垂柳由绿变黄，石廊上黄红相间的藤萝显现出独特的美。在天高云淡的季节，坐在湖边的石凳上欣赏魅力无穷的秋色，更是别有一番滋味。

冬天，皑皑白雪覆盖了结了冰的湖面，我们喜欢到那里溜冰、堆雪人。那时没有环境污染，雪是那么洁白。在那个季节，过河时我们是绝不走桥的，我们喜欢踩着覆盖着积雪的冰面，听着脚下裂冰的吱嘎声。

“文革”开始了，武斗的枪声打破了南湖之滨的寂静。当时我们还小，只能蜷缩在家中，耳畔经常响起不同观点的造反派悼念武斗中丧生冤魂的哀乐。“文革”后期，曾经美丽的南湖公园变成了埋葬死者的坟场。从此，我们永远失去了童年的乐园。

很多年来，不论我走到天涯海角，南湖一直是我心中的香格里拉。

返回故乡，去南湖旧地重游，对我来说是绝对重大的事情。当我多年后再一次走近那令我魂牵梦绕的地方，看到的南湖已是面目全非了。湖面上漂满下水道排出的散发着臭气的污物，在这样污浊的水面上竟然还漂荡着几艘游船。公园里各类小贩的叫卖声此起彼伏，其中掺杂着斤斤计较的讨价声及碰撞引起的叫骂声。抬头望去，臭气熏天的湖边耸立着座座现代化的高楼大厦，污水在有增无减地向湖中倾泻着，这令人触目惊心的一切打破了心目中构想出的美好南湖的梦境。

再后来，我又去了那里，在高楼环绕下的南湖已经完全找不到原来的痕迹。我找到了早年人们跳圆圈舞的地方，现在已经是周围居民跳广场舞的地方。在音响放出的韵律极强的音乐声中，男男女女们尽情投入地舞着……我有些心痛，为了那消失的乐园。

南湖，故乡的湖，我将把你的故事讲给我的孩子和孩子的孩子。在我的心中，永远有一条容颜不变清澈见底的美丽湖泊，那就是你——南湖。

天性与存在

一直以来，和所有母亲一样，我很自豪地认为母爱这种天性是人类值得世代讴歌的美德。每个来过世界的人，无一不是带着对母亲赋予的爱无以回报或回报得不够透彻，而懊悔地生活在母亲离去的岁月中，直到自己离世；他们的后代又生生不息地延续着这个不变的情结。至今我

还没有发现有关对母爱赞美以外的客观讨论。

包括自己在内的所有成年后的孩子，在母亲尚在人世的时候，都会潜意识地把母亲的关爱视为多余的负担，因为他们已可以摆脱尚存如初的母爱而存在，从母亲那里学到的爱已经移植到他们的下一代。在竭尽全力为在世上占据更有利的地形而战中，已经没有更多的情感和精力留给他们老去的母亲。没有人能坦率地承认这一点，因为这样的念头很大逆不道。大家都在万般无奈地对着母亲奉献着叫作孝心的东西，直到母亲离世才会发现，在跌宕起伏的人生旅途中，母爱是多么珍贵，自己对于曾经拥有的珍贵财富多么漫不经心，于是，母爱的位置被歉疚与忏悔替代，滋味是苦涩的。而为人之子后也会成为人之父或母，他们延续长辈的遗风继续满怀天性之爱去爱着他们的孩子；他们的孩子也会继续在万般无奈中背起天性之爱的包袱，这天性之爱无论母亲在世或去世都是沉重的。

关于孝心，我认为与爱是相悖的。孝心与天性有很强烈的交换味道，仔细品味甚至有些商业的气息。既当年你养育了我，现在我以孝心的名义回馈给你，于是，母爱天性的崇高存在于母亲们的自我陶醉之中。爱是天性使然，孝心是不得而为之的道德规范。若有天性之爱存在，不需为存在之爱用规范捆绑。天性之爱是单向的，随着世代传承向前流淌的。襁褓中的孩子对母亲的爱是天性的爱，因为需要，所以存在，那个阶段的爱不需任何规范约束也是存在的。当需尽孝心伊始，这种存在的天性之爱就演变成母亲单边的天性之爱了，而且随着老去，这份爱会更甚，直至永远闭上眼睛。

即使天性之爱如此沉重，是否有轻松愉悦的选择呢？回答是肯定的——有。天性之爱的最有效舒缓剂是——独立。中国父母对孩子最殷切的希望莫过如此。孩子们真的独立后，母亲的世界却如同一天天破败的草屋，没有了当年生机盎然的色彩，她们为了往日的生机重现，寄全部希望于儿孙绕膝的天伦之乐，而破败的草屋对于生气勃勃的后代们是没有吸引力的，于是，儿孙的拜访变成了应付一下的过场，母亲们的心，便也顺理成章地浸泡在泪水中了。很少有母亲思考过母亲的独立比她们孩子的独立更加重要。当然，这种独立的难度比孩子们的独立难度要大很多。容颜老去不要紧，身体与精神对于能否精彩独立是重要元素，二者相比，精神更重要。母亲永远不要活在除了自己以外的任何人的梦中，当然也包括你的孩子。年轻人有他们自己的生活，当有孝心的孩子请你同住时，千万别当真，那样会给他们自由自在的幸福生活严重打折。要学会洒脱地说“不”。当久别的孩子回家探访，要让他们对你家的时尚与特色惊叹不已，让他们和他们的孩子们因留恋你的家的舒适美好而不愿离去，让他们把你的巢当作效仿的样板间；能够让他们的伴侣真诚地把你作为年长的朋友，养成建议你的孩子有事问妈的习惯。当然，这需要不断更新自己的知识，永远做长满百科知识的常青树。这样的母亲，在孩子独立后的岁月里会不断为自己创造出的奇迹感动，并在感动中幸福快乐着。

只有做到了独立，一个至死都是清新独立的母亲才能是孩子们永远的偶像；只有这种母子间的爱，才永存。因为这种爱，已经不仅仅是隶属自然的天性，而是升华到至尊至美的灵魂大爱了。

光的味道

走进自己可以主宰的时光隧道，居然闻到了光的味道。

春天，我喜欢在淡淡的雾霭中在淡绿色的大地上倾听啾啾的鸟鸣，吮吸草芽清香加牛粪干草味混合体的味道，顿时会觉得冬日里昏昏然的神经被唤醒，身体中所有的部件从缓慢运行状态中被激活，顿时周身充满活力。

夏天，光合作用下所有色彩都变得浓重，来自太阳的光，肆无忌惮地亲吻着所有能够照到的表面，在不缺水的年景，各种植物的果实飘散出浓郁的芬芳香气。在直射光的烘烤中，大地上的江河湖泊及所有生物表面的水分会被蒸发，生成无色的水雾，水雾悄无声息地向上蒸腾着，水汽中我能闻到一股柏油烧焦的味道。蒸腾的水雾停滞在空中构成乌云，遮住炙热的太阳，间或划过耀眼的闪电，其后是滚滚雷声，水雾化作凉丝丝的雨，带来片刻清凉，从而使那由强光照射带来的周身不适得到片刻的缓解。偶尔，雨后的天空会呈现迷人的彩虹，在虹桥下，可以闻到清新无比的臭氧的味道。种种不同的味道构成了光在夏季浓郁的味道。

秋天，阳光为大地披上五彩缤纷的盛装，即便是已经凋零的花，在阳光的关照下也会散发出淡香型甘草的味道。色彩斑斓的树叶展现着最后的魅力，然后悄然落在暗绿的草地上。甘草香与青草的气味混杂在一起，配以秋天特有的天高气爽，闻到的是沁人心脾的茶叶型清香。

冬天，阳光照射在被白雪覆盖的无垠的大地上，深呼吸，可以闻到一种冰冷纯净的气息，这气息的味道是纯净无味的。无味也是一种味道。仔细品味，那是一种使人陶醉的味道。

婚姻与合同

这个标题很另类吗？不！不！不！我确实是把这两件事合二而一了。

除了人类，其他动物界是没有婚姻一说的，但并不妨碍它们生生不息地繁衍种群并进化着。我不是动物学家，不了解动物世界的生存规则，也许是固定的一夫一妻，也许是一妻多夫母系当道，更也许是一夫多妻大丈夫执掌天下。我深信，不管怎样，规则总还是有的。因为动物界雄性间为求偶进行的厮杀是经常可以目睹到的。动物界求偶决斗，败者任栽，胜者带着美兽归，倒也不失其公平。

说远了，还是回到人类吧。

为了维持人类社会的稳定繁荣，不知哪代高人制定了以婚姻命名的生存规则，不用废墨解释婚姻的含义，轻度脑瘫患者都会渴望美妙姻缘早日来临。

你情我愿一切都好说，双方都珍惜着彼此，为了维系美好关系，双方都在努力由表及里地修饰完善自己，就像孔雀不断梳理羽毛后打开羽翼展示美，以把对方深深地吸引在身边。一旦走进婚姻，一纸婚书确立了彼此二人必须以法律的名义履行相互间的义务，并享有彼此相互拥有的权利。此刻，合同的威力代替了一切，彼此不再为留住对方而努力，于是大腹便便的先生，和披头散发不修边幅的太太诞生了。他们不仅彼此不再关注，取而代之的是与日俱增的厌恶。接下来一座座爱情的坟墓屹立在一个个家庭中。从这个意义来讲，我不赞成婚姻的存在。

但是，中国有一部分人类是一个很难驾驭的种群，在婚姻约束下还明目张胆地以身试法。小三、小四甚至小五和小六以权钱论英雄，奋不顾身前赴后继地投身到她们认为是“英雄”的门下，心甘情愿地献出娇艳的年华。她们扮演着红颜小强盗的角色，掠夺了法定妻子拥有的权利。假英雄真强盗赏一点大蛋糕上的残渣，她们也就赚足一生的生存资料，何乐而不为？这乱七八糟的夫非夫、妻非妻的关系，实质上导致了人类进化的大倒退，在这个意义上，婚姻的存在在我看来似乎又很合理了，因为法律的约束，使强盗们的行为变得不是十分的理直气壮了。

忙之说

职场之人，大都感觉风风火火的生活才色彩斑斓，能够有幸忙一忙的人是很骄傲的呢。忙人们，在忙碌中享受着自己被社会器重的快感，被忙的人无可奈何地让忙人们左右着，不得不忙于打动忙人的心，使被忙人有机会忙一下该忙的事情。

不是吗？明明很简单的事情，制定好规则按规则做就行了，可就偏偏非要牺牲忙人们的宝贵时间，聚集在一起辛辛苦苦地研究来研究去，

平衡左平衡右，结果，使忙人们不得不忙得不可开交。关乎吃喝拉撒各类具体事务的委员会汇聚了各行各业中的忙人，由他们来选择有权进入忙人行列的人选，众多的被忙人，为了入围忙人行列，更是被忙了个一塌糊涂。一旦入围，升级为忙人的被忙人，常常会顾及不到该忙的业务，而是把眼光盯着更高层次的忙人行列，该忙的事情只能像包工头一样分包给那些与忙人不搭界、为生存而被忙的人。所有能升任忙人的被忙人的前途一片光明，更辉煌的忙人盛宴大厅门上那条诱人的金色缝隙，正在召唤着他们。

作为一个被忙人，痛着，被忙着。也许这社会都是让所谓的忙人们搞乱了，被忙人即便抛头洒血也是力所不及的，痛有何用。不论忙者或被忙者，都与忙脱不了干系。广义论，忙有很多种。

职场之忙者，目的明确，赚其钱，尽其责。忙有效者，赚更多钱，尽更重责，忙更甚也，依此类推。结局上乘者，功德圆满，退出职场，皆大欢喜；结局次之者，不堪重负，淘汰出局，另谋出路；结局可悲者，天灾人祸，疾病上身，死而后已。

家庭之忙者，目的模糊，持其家，养其子。忙有效者，子肥夫壮，夫强妇贵，忙更欢也，年年有余；结局上乘者，夫妻恩爱，子业有成，夕阳璀璨；结局次之者，家境破败，其子啃老，夫君移情；结局可悲者，小三入侵，抑郁成疾，驾鹤西去。

责任之忙不是为己，是为社会为家庭不得而为之。是被动之忙，也是任何人回避不掉的必经之忙。智者可以既忙之则安之，从容轻松地忙着，不堪重负则抓其主放其次，倒也可忙个其乐融融。归结起来，忙者中最大的赢家大都具有如下特点：量力而行，见好就收，品性高尚，不贪不占，知恩图报，善解人意。当然，也不乏投机走运之人，这众走运的忙者，到头来大都进不了赢家的行列，比结局可悲者还要惨三分。

见官儿的窘迫

身在职场者，都怕见官儿。每当有幸见官儿，都会觉得官者很伟大，自己很卑微。至于是否真的卑微且不论，真的都会觉得自己很卑微。不论工作上的事儿还是生活上的事儿，都必须由官者定夺，大事儿由大官儿定夺，小事儿由小官儿定夺。所以，职场上的直立行走者都躲不掉面见官儿的窘迫。大官儿面见更大的官，小官见大官，草民见小官。一般来说，大凡与官扯上干系的人，都会把在官儿面前当孙子的损失在自己充当官儿时加倍补回来，最倒霉的就算兜底的草民了，只能将孙子装到底。

官者忙啊，会见时要不时对其他请示汇报的下属做出指示，所以，只有王顾左右而言他才能显示官者的范儿，日理万机嘛。而作为被接见者，即使要面对火上房的急活儿，也得做出身微言轻、有得是时间不急不急的姿态。官者一欠身，马上就得走开，因为那是送客的意思。要办的事没办利索，要说的话没说明白，怪谁呀？怪你嘴慢。心里窝火不是受了冷落，而是事儿没办成。

患巨婴症博士的母亲

虽然这是个阳光灿烂的日子，透过偌大的玻璃窗传进办公室的北风

嘶鸣声明确地带来了隆冬的气息。午休时间到了，我在阅览室兼休息室中享受着午间的寂静和午餐的美味，思考着与工作有关的问题。一阵轻微的敲门声打断了我的思考，走出来，我看到在空旷的走廊上站着一位有几分疲惫的 60 岁上下的妇人正在执着地敲着一间办公室的门。这是一位母亲，我肯定地做出判断。

我请她到我的办公室先休息一下并询问来此目的。原来，她是特意由 400 公里外的另一座城市特意赶来为她即将在我校毕业的博士生儿子找一本刚出版不久的国际学术期刊，因为那上面有她儿子发表的论文。为了儿子能够按期答辩，她不厌其烦地往返于两座城市之间，完成着 31 岁的儿子所赋予的神圣使命。她前几次来此，已经求素不相识的年轻老师帮她在网上购买了学术刊物，这次来，是专为送钱的。我问她，这样简单的事情为什么她儿子自己不能做？她告诉我，她儿子正在外地参加学术会议，为了能使孩子安心工作学习，她要竭尽全力帮助孩子做一些工作。我望着这位满脸沧桑的母亲，一时间竟找不出适当的语言来同她交谈。我不忍心责备这疲惫的母亲对儿子的百般溺爱，内心责备着她那而立之年的高学历儿子低能到需要文化不高的母亲为他搞定满是洋文的学术期刊事宜。我知道，我的责备会带给她几多失望几多愁，我唯一能做的就是为她削了个大苹果，希望能滋润一下她那干渴的喉咙。

送走了风尘仆仆的母亲，我的心却久久无法平静。透过这位母亲的来访，我看到了完全立体的中国新生代在传统母爱下成长的怪胎。我由衷地渴望这位准博士能够看到此文，并以此反思自己的一切。

角色切换之必然

我发现不知从何时起，出现在手机节日短信中诸如祝我永远年轻漂亮之类话语多了起来，这说明我的年轻漂亮已是过去，就像祝某某寿比南山一样，当人老之将至时，最大的恭维莫过于此。其实谁都知道是骗人的，骗人的人偏要骗，被骗的偏要人骗。

我还算清醒，全然没有对“永远年轻漂亮”一类祝福当真，只是想，“哦，我曾经年轻而且漂亮过呢”。其实，不论情愿与否，人生不同阶段的切换是必须完成的。各阶段的经纬并不鲜明，是需要用心去悟的。

幼年到儿童，儿童到青年，青年到壮年，这些阶段的切换没有难度，因为切换过后将面对更多的激情与精彩，所以，大多数人甚至迫不及待地踏入了下一个阶段。只有中年向老年的切换则变得沉重且艰难，于是，某某影星创造的不老神话被变得朗朗上口，由此成就了方兴未艾的整容业也就顺理成章了。

我喜欢用游戏的方式去做生命中回避不掉的任何事，当然包括中老年社会角色的切换。虽然的确有点早，但这事真的引发了我的某种兴趣。我试着以一个老妪的身份出现，对年轻人称孩子，有时称女孩为丫头，我发现这效果好极了，被称为孩子和丫头的年轻人，会为从看上去还不老的阿姨的“小辈”的称谓中荣幸着，向我奉献出晚辈对长辈的微笑。

我把过去所有的辉煌与暗淡送进历史，让自己接上地气成为大地的女儿，然后开创一个完全属于自己的新世界。曾经沧海的阅历，成就了我厚重稳定的灵魂，这是绘制未来精彩画卷的资本。

沉重的爱

终于有时间与生命中的挚爱团聚，共享天伦，我几乎迫不及待地一路穿洋跨海，直奔爱之第一米奇的舍下。接下来，就像跌入相对论的模拟器，感到日子异乎寻常地快起来。我重抄老妈旧业，一厢情愿地一头扎进厨房，自娱自乐地开始承担每日餐点的科学化、健康化的设计加工及采买全部使命。工作之余，把米舍打点得清新整洁、一尘不染。

我每日天不亮起床，轻手轻脚地在厨房准备好自认多姿多彩、清淡可口的中西合璧的早餐，摆在托盘上，外加一壶热腾腾的红茶，以及摆满红绿黄橙各式水果的高脚果盘。每每望着餐桌上自己塑造的美好静物，心中常常充满感动。然后轻轻敲击米奇的房门，睡眼惺忪中，米奇走出，完成一系列规定动作后，容光焕发地端坐餐桌，风卷残云将那些静物统统倒入腹中，之后出门赶车去医院，随同医生们进行早间查房。我呢，这时脱下围裙回房钻进被窝完成我的另一半睡眠。然后再起床，清扫后直奔游泳池进行每日的例行锻炼。回程在超市买回给养，到家小憩后就扎进厨房，完成我的厨艺展示行为艺术。最后就是躺在沙发里，抱着电脑在网游中等待午夜归来的儿子与他共进晚餐。

不知从哪一天开始，夜归的米奇手上多了一包包被我视为垃圾的炸鸡汉堡及碳酸饮料；在周末，米奇会建议我们去餐馆用餐；间或，米

奇还会带回让我不知如何是好的被加工成半成品的大块肉及调味酱。烤吗？这肉常被我烤得惨不忍睹；米奇还常常拿回他眼中的美味零食，供我日常消遣，可在我的口中，这味道却如同嚼蜡。

米奇日复一日地努力对我的尽心尽责表示着深刻的理解和感激。我开始猜想，指不定他以怎样的克制和强作欢颜，将我的一堆堆作品倒入腹中呢。后来许多现象告诉我，我那一系列展示母爱的艺术行为已经成为米奇沉重的负担。

猛然的顿悟，使我的内心有些情不自禁地痛。痛定思痛后发现，一切都随着时间发生了改变：早年的小米奇是中国小男孩儿，现在的米奇是个沾满西方文化及习惯的大男人，对他来说，我应该是永远优雅魅力无穷的妈妈，他不愿意我蜕变成一个在厨房菜场中跳来跳去的慈祥老宝贝。所以对他而言，那个挎着相机在大自然中与他一起忘情欢呼的母亲才是最让他幸福的妈妈。

透过自然，透过艺术，透过文学，透过一切美好的事物，我与米奇间爱的能量在损耗为零的状态下顺畅传递。对我而言，一切的感受与期待都是与我挚爱的儿子完全同步的。

与米奇团聚的时光在倒计时中流逝着。米奇将会有自己的生活，我将像一只放飞小鸟后的老鸟，在夕阳下，衔来揉和着过去精彩故事的泥草，去修葺自己的老巢，并在其中营造一个精彩诗意的黄昏。

在离开米奇以后，我的精彩人生是我对米奇爱的延续，因为我的儿子像我一样，永远幸福着我的幸福。

休闲之中话休闲

我不喜欢“退休”这个词。人在职场的目的在于对社会贡献中换取生存的资料，完成结婚生子、抚育后代的责任。一切都完成后退出职场，“退”是退出的“退”，退后可休可不休。其后的生命动态可以自由发挥，发挥得好，其活力比在职场时更甚，哪怕自己导演出十二分另类的活报剧，只要不妨碍他人，自己高兴就行。在这个意义上论，何则为休呢！

退出并休，是千万方案最无活力的一种，每天坐着不动发呆，也算是一种养生方式，有相当一部分人都采取这种方式。退而休者们发着呆还在渴望昏黄的孤灯被众星当月亮一样捧着，失望带来痛苦，痛苦中性情大变，于是，唠叨抱怨变成一种倚老卖老的寻求快感的通道，妨碍他人也就变成顺理成章的必然结果了。

退出职场，其实是很令人欣喜的一件事。可以作为自由人想去哪就去哪，读完万卷书，再行万里路，在拥抱自然中开始新的里程，寻找前面可能存在的理想中的景色。当然，经历过的沧海桑田、勾兑出的白发皱纹是令人不快的痕迹。不过没有关系，不用介意，带着灿烂微笑的鹤发童颜，那是怎样一种超级美呀！

在以英国为圆心生活的三个多月里，我去了经历过战乱的克罗地亚，波斯尼亚和黑山共和国，还觉得不过瘾，又心血来潮跑到挪威峡湾深处的大林子里，挑战自己的胆量，独自一人在没有人烟、寂静的小木屋中寻找浪漫，最终没有在恐惧中逃脱，胜利地走出黑黝黝的林子，回到人间。回到英国没消停几天，就发现有个中国很另类的艺术家在柏林办展览，便兴冲冲跑去捧场。期间适逢世界杯开赛，也学着德国人的样子去酒吧喝喝啤酒，看看实况，努力品出地道德国啤酒的麦芽香味，并煞有其事地点头夸上句：“好酒！”一旦进球，也不知当哪个队的球迷，跟着瞎喊，倒也感受到了痛快的滋味。

感恩中的感慨

办公室角落的两桶豆油、两袋米面提醒我，那被同事们戏称“豆油节”的教师节就要到了。学校在每年一度的节日里，都要为教师们发放这数年不变的福利，价格在不断上涨，福利一直以这不变的形式维持着。我们每年都会怀着感恩的心，接受这凝聚上级关怀的豆油和米面。我感慨着，即便是我这被誉为不食人间烟火的女人，同样懂得民以食为天的道理，一年的口粮有了着落，片刻的窃喜在心头掠过。窃喜过后会暗自

嘟囔，除了吃饱不饿，在年复一年日复一日的职业生涯中，少些无奈岂不更好！

节日的一早走进办公室，那绽放的火红的康乃馨和白色百合花发出的香气迎面袭来。这是已经毕业的学生送来的节日问候。接下来，在各地工作的学生们的问候电话接二连三地打了进来。期间，不时有学生们送来鲜花，在鲜花的包围中，感觉自己就像被孩子们娇惯的老妈妈。学生们祝我永远年轻漂亮，我认真地告诉他们，应该说祝健康长寿才更贴切。

平心而论，设立这个节日，让学生们在繁忙的学习和工作中分出心来向为师者表示感谢，只能说明师生关系出现了某种不正常。教师是一种职业，没有必要如此兴师动众秀感激。身为教师，如果在母亲节那天收到学生的问候才是真正值得欣慰的。

晚上，还不时有学生的电话打过来，这么晚了，他们仍在加班，我感到心疼。此刻，我不会鼓励他们加油，勇攀高峰，我所能告诉他们的是，职业生涯只占据生命历程的三分之一，不要过度挥霍健康，整合好生命资源，能够画出生命过程中最优轨线才是智者。此刻，电视正在播放教师节的文艺晚会，舞台上站着 4 位年过古稀没啥表情被称作院士的老者，美女主持用煽情的音调介绍他们是同一师门的同学，他们的老师是 96 岁的耄耋老翁。视频上，老翁用高频抖动的手写下据介绍是研究方向的字，然后颤巍巍地召集他的学生们开会研究这一课题。看到这一幕，我能报以的除了摇着头苦笑还能有什么呢？媒体调侃也好，娱乐也好，拿这些颐养天年的老者们开涮就太不厚道了。

情为何物

不同于大多数人的观点，我一直以为，爱情是隶属于生物学及生物化学范畴。我的观点是，当两个不同性别的个体之间产生了一种相互吸引的生物场时，来自场内的能量会在两极的个体间产生巨大的吸引力，这种力，会使两极的个体冲破常规的束缚，紧紧地吸附在一起；随着个体间场能的衰减，个体又恢复成原有的个体，整个过程周期长短具有差异，最长也不超过3年。这个过程中，能量爆发的衍生物是亲情，亲情好比黏合剂，原本位于两极的个体紧紧胶联在一起，想分离也难了。一旦两个个体中的一个在其他个体的吸引下发生游离，撕开的伤口会流血，

疼痛是在所难免的。

读了著名作家史铁生的遗作《灵魂的事》中爱情问题一章，感到很有趣。从人文的角度看，爱情则可发生另外的感受。

由作家的观点“爱情是孤独的证明”，这是由什么能证明“爱情”引出的命题。看来，爱情应隶属哲学范畴了。

作家的观点是，孤独不是孤单，孤独不是寂寞，寻找爱情，不仅仅是寻找性对象，其根本是在寻找乐园，寻找心灵的自由之地。自由可以证明爱情，自由不自由将证明那是爱情或不是爱情。

我不认为我与作家的观点相悖，只不过是从不同的角度去解读这千百年来人类“情为何物”的困惑而已。

呓语

大部分比较年长的人，总会恋恋不舍地置身风风火火和激情燃烧的岁月之中，并努力从中收获可贵的存在感，却从未想过在不知不觉中自己会变成年幼者眼中的年长者。常有晚辈问我：“您重活一次会怎样？”我的回答干脆得自己都无法理解：“活一次就足够了，可千万别让我重新来过。”其中之意，并不是表白自己此生无憾，而是经历过后回眸自己踩踏过的九曲十八弯的足迹，全然是由饱含喜怒哀乐的五味杂陈叠加而成。其中之喜来自生儿育女，其怒来自遭遇到的不公，哀来自生离死别，乐来自职业成就。历经千辛万苦在职业生涯中创造了奇迹，而奇迹又是什么呢？

就科学人来说，新的发现可以使人类更加深刻地了解自身和自然，然后又能怎样呢？改造地球吗？曾有曰：“问苍茫大地谁主沉浮？”我在年幼无知时，曾立志为人类主宰大地沉浮贡献自己的绵薄之力。当有一天我伫立在离北极圈不远的冰岛那热泉喷涌、焦黑色的土地上仰望苍穹时，那一瞬间顿悟了人类在茫茫宇宙中渺小到几乎趋近于零，从那一刻，我开始客观地敬畏宇宙及自然了。

在认识自然的基础上，科学发明旨在改造自然，结果又怎样呢？我作为曾经的科学人清醒地意识到，科学实为一把双刃剑，那剑既彻底地不可逆地改变了人类的生活，同时也在加速着人类在地球上走向衰亡的进程。关于此话题，说上几天几夜都说不透彻。所以我认为，凡事顺其自然才是在宇宙中安身立命之本，主大地之沉浮实乃地球上一则笑话而已。作为地球人类，消消停停地活着并善待居住的星球上的花草及其他动物为好，争来抢去，搞混了地球之水还不够，非要跑去太空倒垃圾。

当心有一天，咱们赖以生存的星球生了气，稍微抖抖身躯，人类会在主宰地球沉浮的梦中声都不哼一声就消失了。所以，作为地球人类一分子，我以为活一辈子足矣，可别千辛万苦瞎折腾给地球添乱了。

我在认真地生活着，在人生旅途美景中美着、清醒着，轻松地快乐着，尽情地爱着山水、花鸟鱼虫和走兽。

梦

我醒了，但闭着眼睛不愿从梦里走出，因为我和母亲在一起。在我们过去的家中，那一片曾经掩映在梧桐树中的老房子中，母亲由很远的地方归来，看上去没有倦意，她回了家，她只认得这里，并执意只住在这里。房子周围已没有人家，好像是拆迁前的景象，一片荒凉，我匆匆赶回家中，希望劝母亲搬到我那里同住。母亲从邻居家的已经破碎的窗中探出头来，满头黑发，笑盈盈地，她告诉我，我们自己的房里已经没有暖气，邻居家已搬走，但暖气是热的，她就把门打开，并把我们冰冷的家中全部家当搬了过来。我走进去，地板上放着我记忆中儿时家中的樟木箱，熟悉的衣物堆在木箱周围，母亲正在分类整理，木质地板已经用拖把拖干净，掉漆的红地板湿漉漉的，我帮助母亲把我和她的衣物叠整齐分别装入两只箱里，母亲整理着床铺，木床，还是过去我小时候床铺的样子。我与母亲聊着，并没有聊起分别后的事情，只是谈着如何使家变得舒适一些。母亲显得那么安然，无忧无虑，而我无论也摆脱不了

担心拆房的大铁铲随时可能伸进来，我在极力劝着母亲去我家住，但心里分明也留恋着饱含童年气息的故里，和享受在母亲身边温暖的气息。

母亲消失了。老房子不见了。我躺在故居脚下地球那一端家中松软的大床上。我确实醒了。抬头望望窗外，还是黑沉沉的，都说梦很快会忘记，为了这个让我不愿走出的梦不会像母亲一样消失，我翻身起来，在电脑中记下了梦的全部。

真的很希望人类科学认知能力之外，在多维的茫茫宇宙中，有与我们人类并存的空间，如果真的存在六度空间，刚才与母亲的会面就是真的，母亲在那边一切都好。希望这并不是我的梦话。此刻天已放亮，但还早，继续睡，能继续做个白日梦也好。

在生命最后驿站中的思考

我家附近有家老人院，我在那里做过志愿者。那是个美丽的秋天，地上铺满了五彩六色的落叶，我捡回家来，制作了一些叶画。我想，如果把收集的彩叶压平带到老人那里，和他们一起制作叶画，应该是很有趣的事情。

申请、面试、体检、品行等一系列考察过后，我走进天堂驿站，以志愿者的身份倾听那些老者讲述心声。我的责任是陪老人聊天喝茶，玩儿游戏，需要时可以弹琴给他们听。但愿我的编织、我的折纸、我的贴画、我的琴声，还有我的微笑，在等待去天堂的日子里留给他们一片人间柔情。

在那所加拿大最著名的私立老人院中，失忆老人对我娓娓道出离散的记忆碎片，拼合后发现，那里是一座蕴藏着历史故事的金矿。那绿衣金发的老妪和手推助走器的老绅士间正在演绎着暮年的罗曼蒂克连续剧，那情景像极了多年前我在南非看过的电视剧《等待上天堂的日子》。回到家中，面对那扇充盈着深秋斑斓色彩景色的窗，内心咀嚼着的却是生命的滋味。

真的走进老人们的生活，一切并不像事先想象的那么温馨美好。接近风烛残年的老者，感受到的是死亡的气息。我看到一位在寒风中独坐读书的老人，他穿得很少，他没有听力，行动也迟缓，我好歹把他劝进室内，搀扶着他瘦骨嶙峋的手臂，帮他找到房间，里面坐着他面无表情面色已灰的妻子。他们没有能力要求什么，我为他们倒了热茶并加入牛奶和糖，怕溢出，只倒了半杯。看着他们捧着如饮甘露般喝光，我心里酸酸的。

住在这间豪华老人院的居民都是有故事的老人，聊着他们丰富的往事，回味辉煌的时光，感觉应该是什么呢？有位曾经是音乐人的老者，坐在轮椅中娴熟地弹着钢琴，指尖流淌出的大多是久远的爵士乐，我居然陶醉其中，眯着眼睛倾听，眼前的轮椅老翁居然变成风流倜傥的摇滚乐手。

无论如何，豪华都改变不了即将启程去彼岸的无奈，也许老人们并不惧怕，相反却有着某种奔向解脱的期待。在靠近耄耋老人的过程中，把自己置身其中，在豪华的养老院中，不论如何吃穿不愁，收获的只有苍凉。老龄问题是一个严峻的不能回避的问题，我发现精神关怀重于物质关怀，尊严对于老去的人更为重要。

让客观结束的过程避免精神上的被遗弃感，会使过程经历者带着尊严离去，这个过程就不仅仅是沉重了。我没研究过这个问题，但却认为死亡学也应是一门严谨的学科，其中应该包括许多有关伦理、心理、哲学乃至生命科学等内容。比如死亡降临前，亲历者的感受包括生理和心理的真实渴望，亲人内心活动的社会属性和个人真实的自我意识……有关这些课题很少有人去研究，而我却认为对人类而言，这是具有重大意义的课题。我反复读过毕马威首席执行官撰写的从脑癌生病到死亡的纪实文学《追逐日光》。我认为，这是一部至今为数不多的死亡学教科书，至此，很少有这类有关死亡学的著作。所以我认为，指导死亡是一门人类急需研究的领域，这门科学能够使人类不仅能活得辉煌，而且使人死得从容淡定也成为可能。

对人类而言，尊严就像阳光雨露一样是须臾不可分离的要素，随着年龄的增长，人们对尊严的需求在不知不觉中添加着新的内容。比如，婴儿的尊严是从饿了有奶吃开始，那个阶段不会介意裸露身体，成年人则以裸体为耻了；老弱病残生活不能自理者，由别人打理更衣洗浴由于尊严感存在，则会有极大的心理不适，正因如此，服务机器人虽缺柔性，但在护理界有极大的需求。人类最难以忍受的不是生理痛苦而是心理痛苦，自尊受侵是心理痛苦的主要源头。当然，自尊是尊严的基础，其他因不同经历而异。说到底，尊严应该是心理学范畴。今天我搀扶的老者年轻时不知该有多么风流倜傥，但他此刻却连裤子都不能自己安置到位，那么怎样才能保护他的尊严呢？我没有站在对面帮他，而是尽力在他身旁谈笑着像是亲近地靠近他，在不知不觉中稍稍助力一下。人与人间的尊重也就是保护他人的尊严，其实对于尊严没有什么烦琐的定义，对己是保卫尊严，对他人则就是尊重了。

关于尊严，我讨论的并不够透彻。我联想到，当人在生命末端因没有捍卫尊严的能力而自我终结生命，在传统意义上留给挚爱亲朋的是因没有留住死者生命的自责而引发的痛苦。其实，死亡学应该破译此种死亡所具有的自然属性的密码，帮助活着的人对亲人非正常离去的事实的欣然接受，而且因故去者解脱痛苦而发自内心地感到欣慰。所以，安乐死是勇敢者的抉择。我认为，当生命终结不可逆转时，安乐死者期待的人间给予的最后褒奖，应该就是尊严的礼赞了。

这个话题是一个沉重且任何人也无法回避的。在老人院中短暂的时刻，我似乎看到了通向彼岸那扇门，很多丧失意识的老者，他们的魂魄似乎已经到了那边，那空洞的眼神里已经没有了生命。很多意识清醒的老人不停地表达着身心已疲惫，一切都已经过去，这与我过去想象中的情形实在有些不同。最后的等待中，没有希望，前面只有那扇通往另一个世界的门，我能做的只有轻轻握着他们的手，认真倾听他们的心声。

我工作的养老院环境很温馨，但那些呆坐的老人似乎只是在等待最后时刻的来临。

走廊到处都有舒适的沙发，供来访的亲属和老人们团聚，到处充满厚重的艺术感。寂静的走廊，空气清香。寒风中读书的老先生的房间里洒满阳光的大窗台上，摆满了儿孙们的照片。万圣节的气氛笼罩着老人院，BOB 夫妇恩爱如旧，老夫少妻的老绅士照例糊涂地坐在轮椅上到处找着他的妻。Fred 穿着新换的香喷喷的休闲服推着助走器下来，见到我像见到亲人，他是严重的强迫症型老年痴呆者，非让我帮他守着助推器自己摇摆着出门，说是寻找很多床垫子，急得我出了一身汗，总算迎来了工作人员。衣着光鲜的老太太们其实也和植物人差不多了，工作人员化装成猫窜来窜去，志愿者抱着吉他唱着哄孩子的歌。

近距离地观察着天堂驿站，我无论如何也摆脱不了时隐时现的抑郁感。西方老人们在等待去天堂的时光里很安静，似乎已没有了牵挂，他们的灵魂已在一点点飘向天堂，到处游走的只是躯壳。

老人院是 Alzheimer's（老年痴呆症）唯一的选择，因为只有专业人员才有能力给予 Alzheimer's 最大限度的照顾。原以为可以在那里捕捉到细腻的人类精神的精华，事实上人一旦进入到生命的最后阶段，除去精神已死的 Alzheimer's 们，大部分精神尚存者已对人世的一切没有了兴趣，他们面对的是没有任何希望的等待，于是，安静成为那里生活的主旋律。以我之见，人类老去以后，只要生活激情尚存，且生活可以自理，可千万别往那里钻。

这个老人院的居民全部是依赖照顾才能生存的老人。加拿大人老分几个阶段，一是五六十岁，孩子成年，夫妇会卖掉带院子的独立屋搬进公寓，生活简单很多，兴趣转移到旅游看世界；再老些的，大约七八十岁，会卖掉公寓搬入老年公寓，公寓中集吃住健身医疗保健于一体，生活还是独立的；直到生活不能自理，才进入我说的这种老人院， 这里

Alzheimer's 者居多，我工作的这所老人院是豪华型私人养老机构。西方人比较注重隐私，即使是 Alzheimer's 也是安静的。他们不会主动结伴，眼睛有视力的总会是拿本书或看报，没视力的就是静静发呆了。明白着的，相逢一笑算是打了招呼。中国老人喜欢热闹，喜欢被人关注，从客观上说这是有益于老人延缓衰老的。

这段时间我已掌握了一些与这里的老人的相处之道，一则不随意提问的有关家庭的问题，比如几个孩子之类，有些老人则是没有孩子的；二则老人打盹时别打扰；三则任他们说，哪怕是前言不搭后语，也要回报以真诚的微笑。他们住进这个地方，就是人生最后一站了。我们在这个地方看到的、感受到的都是不易触摸的隐秘。

娓娓道来

WEIWEI
DAOLAI

慢生活

2015/01/08

我习惯的起床时间有些奇怪，有零有整：早 9 点 28 分。窗帘缝隙透进的光不很强，拿过手机看看时间，已经过了起床的点儿。把百叶窗叶片角度调到90度，透过平直的窗叶片形成的线，看到雪花在由西向北的朔风中，沿斜线飘动在阴凉的空气中。我家和邻居家的光控节日彩灯虽然光线有些暗淡，却仍闪着迷人的光。因为是周末，小镇在沉睡中。

蹬上自己编织的淡豆色毛鞋，高抬脚看看鞋尖处创造性钩织出的花，很得意地笑一笑，本意是想获得搞笑的乡土效果，却意外获得了与室内浓重波斯风情匹配的艺术效果。穿着花鞋在木地板上像猫一样地窜了几个来回，发现西蒙居然把我为他制作的运动型毛鞋挂在前任房主遗留在墙上的铁钉上，我自制的手机套也被他挂在墙上，说是可以当作插干花的容器。我端详良久，莫不是艺术细胞在西蒙的大脑里开始茁壮成长了？

2015/01/10

阳光透过白色的木质百叶窗的缝隙挤了进来，我眯着惺忪的睡眼，享受着的什么都不用想的悠然，体会着整夜深睡眠后的一身轻松。翻身起床，换上散发着淡淡清香的休闲装，鹅黄色的短袖T恤加淡粉色运动裤。不知从何时起，我开始喜欢色彩娇嫩的颜色。不用顾及他人异样眼光，只要自己喜欢，尽情装饰属于自己的空间就好了。这不，即便是厨房和客厅的墙，我也大胆地选择了玫瑰红色。操起拖把，把地拖了一遍，周身有些发热，一尘不染的地板在晨光的照耀下发出令人愉悦的光。

邻居木制的门廊里探出一张亚洲女人的脸，那脸型略方，其上生长着有些扁平的鼻子和一对平直的线状眼睛，嘴没有什么特别，只是略大于正常。头上方分布着稀疏的卷发，看上去发黄且干枯的一缕缕头发像没泡开的方便面。在有些嘶哑且生硬的辣白菜味儿的英文招呼声中，我端详眼前的女人，然后断定她是韩国人。那女人脸上挂着极度讨好且生硬的笑，在招呼过后就开始抒发对我新居的前任房主、也就是她前任邻居的种种不满，说到情深处，居然义愤填膺起来，我眼前那片一张一合的大嘴让我有些毛骨悚然。搬来之前，只是看见这悍妇那小巧玲珑的眼镜丈夫默默无声地忙碌在他家的房前屋后，万没想到，那所红砖房竟是卧虎之宅。我告诫自己，以后一定要加倍小心，千万别被虎伤着。

我的新宅前任房主，是一位娇小美丽的单身母亲。第一次见面时，由她家室内的色彩及装饰，误以为她是意大利人。我对意大利文艺复兴时期的艺术一直情有独钟，尽管当年佛罗伦萨街头一群群惰怠的流浪汉和斤斤计较精明的威尼斯人给我留下不好的印象，但并不妨碍对来自那里的艺术的高度评价。鉴于对艺术的敬仰和对风风火火身为胸外科医生前任房主的欣赏，我没有犹豫就接手了她的小宅。其实，这位女医生是伊朗裔加拿大人。住进新居，仔细品味，波斯风情笼罩着我的新家。我开始煞费苦心地构建与现有波斯色彩相匹配的家庭装饰，忍痛谢绝了朋友送的充满中国风的大花瓶，因为两国情调实在南辕北辙。

不知何时起，我的审美观发生了颠覆性的改变。只要是经过人工雕琢过的一切，我都会本能地找出若干多不完美。进入空旷的新家，开始采集生活资料，床应该是第一优先必须做的事情。

2015/01/12

家具店那位衣着光鲜的奶奶级店员，慈祥中透着经营者的狡诈。我有点喜欢她，因为她很真实。店里的床可谓琳琅满目，现代型、时尚型、小资型、简约型、仿古做旧型、沉重豪华型，我心中暗自嘀咕着：美是都很美，争相斗艳的美，但无一不透着一个字：“装”。人类躺在那样的被叫作床的台子上，希望睡着了也继续做着装饰过的梦。再则说，睡觉的地方似乎与装饰美扯不上干系，视觉感官也需要在睡眠中休息，嗅觉系统还会继续工作，浓重的油漆味道加上合成材料散发出的气味，无论如何不会为睡眠的质量加分。忽然我眼前一亮，一张身上长满树木原始疤痕、做工并不精细，但却敦敦实实的大木床出现在我的面前，走到近处，闻到松木的幽香，头脑中立刻勾画出我的卧室应该有的模样：豆色的墙，白色的门框，白色的木制百叶窗，地中央摆上一个原生态大木床，墙上已经被女医生随意贴上很多飞鸟和蝴蝶，我感觉还不够立体，应该加以改进：第一步，先用我拍摄的日落和暮色中的森林嵌入栗色的大镜框，以遮住飞鸟和蝴蝶。以后有空去木材市场淘些木条，把墙全部用木条遮掩，也许我就可以在卧室中享受到大森林中的感觉了。店员奶奶和蔼的声音打断我的遐思，她慷慨地给了我百分之四十的折扣，然后眯着昏黄的老眼睛期待着与我成交。我藏住心中的窃喜，一脸认真地继续讨价还价，于是，本来就不太贵的大木床半价成交。我和老奶奶热烈拥抱，也不知是为祝贺即将来临的圣诞还是祝贺大木床成交。

美好的大木床送来了。晚上关了灯，我没完没了地深呼吸，贪婪地品味着饱含自然气息的松香的味道。入梦，我的森林之梦。

2015/01/14

多年来一直坚持的游泳锻炼，因一个筋斗戛然而止，至今已两月有余。好在我拥有的健康体魄使摔伤的筋骨迅速恢复了原有的模样，买了一对3磅小哑铃，试试伤臂，举着橙色迷你小哑铃一脸认真地推拉收回，看上去有点搞笑，但对于不久前被医生用石膏打理得好似阿童木的手臂能够完成这样的动作，已经是喜不自禁了。

外面传来西蒙吱呀呀推雪的声响，扒开窗的叶片，还好，雪不是很厚。我穿上花围裙，走到镜子前照照，有点萌的感觉给早餐艺术带来了灵感。把毛衣袖子向上拽了拽，烧上水，茶壶中泡上红茶，从昨夜烤制的大面包上切下几片，那面包非常松软，切下的方形面包片像极了奶黄色的海绵，上面的气泡很大，气泡间点缀着褐色的葡萄干，面包烤得近乎完美，表面焦煳适中，切成片后，棕色的边缘衬托着淡黄色的里，看上去让人食欲大振。从冰箱中取出自制的草莓酱，盛在玻璃果酱罐中。接着，拿出绿莹莹的日式海苔和淡粉色的由姜腌制的小菜，放在同一个小白瓷碟中。忽然想起昨夜烤在炉中的地瓜，又去开炉，端出已渗出蜜汁的外红里黄的地瓜，摆在了白色的盘中。新鲜青菜是不可缺少的，拿出一根嫩黄瓜，刮皮，切成丝，上面加些蒜末、酱油、果醋，为了调味，又倒进一些鲍汁。外面的铲雪声还在继续，我又用牛奶熬了一小锅玉米粥。所有的食品摆在临时小餐桌上。

在西蒙的赞叹中，铺着花台布的小桌上很快只剩下装载着些许残渣的美好餐具了。本来计划今天开始恢复游泳的，可一旦陷入网络事务就身不由己地必须要有个圆满结局，结果一忙就到了天黑。这里的生活其实很简单，很多事坐在家里就可以完成。为了把新家空荡荡的墙用壁画装饰一下，我决定把自己认为上乘的摄影作品挂上墙壁，以便在闲暇时自我陶醉。数年的走南闯北拍下的照片筛选后还存留数千张，在其中选出最有代表性的作品又花了很多天的工夫，今天总算在网上完成了打印预定，明天取货即可。

雪停了，门前又是一片洁白。在夜色中自扫门前雪，那滋味真是难以言表的美。

2015/01/15

门廊顶部边沿的彩灯在月明风清的夜色中，韵律均匀地闪着光，看着很舒服。汽车开进车库，我没直接进屋，钻出车库，站在门前贪婪地呼吸着洁净的空气，只要天气晴好，站在大气中，本能的深呼吸立刻开始，在有霾的家乡滚过的人，大多具有这样的习惯。忙碌了一天，似乎应该很累的，但真的不累。后备厢中装满了忙碌一天的战利品，那是形形色色的图片装饰框，还有一大袋我亲自拍摄的被放大成不同规格的照片，照片中大多没有人物，只有景色和动物，所以叫作图片更为合适。当然，我为米奇拍的肖像和动感写真除外。我很早就计划把新家变成我的摄影展厅，今天就开始实施了。几年来，不论到哪我都带着大相机，这绝不是装模作样，我不仅懂得美，而且善于捕捉美，并深深地陶醉于大自然的美当中，还常常在不同的景观中，领悟茫茫宇宙中地球上不同物种生存规则的真谛。我把过往的一切经过理解、过滤后，用自己认为最独特的角度摄入相机，并存进海量的移动硬盘中。我很满足，对于我的作品，西蒙是唯一的铁杆粉丝。

我从后备厢中拿出新买的牛肉，直接放入钢精锅中，倒进足量的清水，在特制的调料包中装进麻椒、大料、姜、葱后扔进锅中，又顺手提起料酒瓶和酱油，咕嘟咕嘟倒了许多，倒入多少我也没在意，心都在堆了一地的图片和画框上了。

我们坐在地板上，西蒙像极了米奇小时候玩变形金刚时那种心甘情愿认真投入的样子，我很喜欢洗尽铅华返璞归真的他。我负责把图片固定在纸板框上，西蒙封装底框，安装用于悬挂的五金件。我们心中蕴含着一个共同的目标，就是把我们的家变成弥漫着世界风情的迷你小世界。我们无视墙上的指到零点的大电钟，开始按设计好的方案把画框钉到墙上，很快，我们感到了蓬荜生辉的效果。

在高屋顶的餐厅中，几乎全部都是前房主女医生留下的痕迹。垂到地面的浅棕色丝绒窗帘，遮盖了镶嵌着两扇通往外面阳台的白木框玻璃门的一面墙。那盏由十多个米色小灯伞组成的顶灯有深棕色的弯曲的灯杆支撑着，展现着优美的造型，波斯艺术的元素体现在灯下缀着的闪闪发光的八面玲珑的水晶吊坠。那张硕大的黑色餐台弯曲的雕花的桌腿，使我情不自禁地在头脑中勾画出女医生的亲人们在此聚餐时的情景。她那一袭黑衣、高贵典雅不苟言笑的母亲坐在首席，在美丽的医生女儿和英俊的律师儿子及孙子们的陪伴下，享用着巴列维王朝时期欧化后的波斯晚宴。搬家时，女医生拿走了墙上属于家族的油画，空旷的墙壁衬托出大餐台的落寞。

我们把被镶嵌在黑灰色框中的两幅画挂在正面墙上，其中一幅是我在伦敦泰晤士河畔拍摄的黑白逆光照，那是我心目中的伦敦，夕阳下，逆光中的泰晤士河畔哥特式古建筑的黑影，折射出承载着厚重历史的、在迷蒙中浸满傲慢的大都市的灵魂。另一幅是我在去加那利群岛的途中，夕阳西下时分，在轮船的尾部拍摄的一幅暗红色调的落日，在几位欧洲旅客逆光背影的烘托下，我内心深处追逐日光的本能情怀，得到了淋漓尽致的宣泄。我一直对这幅作品情有独钟。我们将一幅镶嵌在白色木框中的大海边上的古代木船的照片挂在两幅黑色调画框中间偏上的位置上，这是一幅我在挪威奥斯陆拍摄的景色照。这黑白相间错落有致的布局，使整个一面墙顿时充满了生机。我们将镶嵌在白色木框中的我为米奇抓拍的写真挂在对面墙上，这是在加勒比海上落日余晖中米奇倚在船舷上的侧影逆光照，那是妈妈眼中长大的儿子。还有一幅是身穿红色滑雪服的米奇在瑞士阿尔卑斯山上飞速滑下时被我抓拍的照片，米奇的面目表情乃至发丝一清二楚，浑身充满生机与力量，沉稳的性格清晰可见，旁边景色模糊，前方一片皑皑白雪，这些元素组合在一个画面中，是一幅完美的充满动感的作品。退后几步看看此刻的餐厅，已经一改原来阴暗厚重的原始风格，掺入了足够的东西方文化元素后，它变得充满生机。黑色的餐台铺上一条地中海花格布，视觉效果一下就由单一的色彩变得立体，且充满了某种属于我的灵性。当然，这是独一无二的。终于，我没有落入把餐厅挂上临摹批量生产的《最后的晚餐》油画的俗套。

我们把五幅镶嵌在白色雕花木制镜框中的我拍的动物照片挂在走廊的墙上。这些动物来自世界各地，现在落户在我们的小巢中。

满屋的牛肉汤的香气激活了我们的胃，饥肠辘辘中，坐下品味美味的牛肉汤，没有想到如此鲜美。此刻天空已现出了鱼肚白。

2015/01/17

门铃听上去很脆，自从搬进新居，这脆生生的铃声总是很让我兴奋。打开门，看到一个大货车停在门前的车道上，又有购进的家当送来了。一个多月来，我们就像蚂蚁垒家一样，辛勤地到处寻觅着喜爱的家居用品。原房主女医生留下的一切为我们的家定好了基调，一切必须满足，一要喜欢，二要色彩匹配，三要原生态中透着时尚，四是不要太贵。此四项条件全满足便立马拿下。事实上，能够满足成交条件的物件稀上加稀，少上其少了。所以，能够送上家门的任何家当，都是加入我们新居的珍品。珍品来了能不兴奋吗?

送货的是两个很朴实的中年男人，他们很体贴，告诉我外面冷，先关好门，他们在外面准备一下。很快，一架紫檀色的钢琴摆放在客厅中。这是一架经过翻新的二手琴，不仅具有稀有的颜色，而且音色很美，最让我兴奋的是，那琴的价格仅可买一个质量上乘的墙角柜。工人走了，看看西蒙不在，他若在我还会有点不好意思展示我那点儿无师自通的琴技呢。我坐稳，叮咚的琴声顿时使家充满生气。以前，在寂静的家中，我常常用音调缺失的喉咙引吭高歌，保留曲目很搞笑，居然是“我有一只小毛驴”，好在不会吓到邻居。不管多么难听，西蒙也坚决做我的铁粉，每当他昏昏欲睡，听到歌声马上就会被激活并精神焕发。我暗下决心，凭借不低的智商，争取早日自学成才，达到当众演奏不脸红的水平，让生活不仅色彩斑斓而且声情并茂。

夜色降临，车库门声响起，去机场的西蒙接回来自雷弯的雷欧博士，那是我昔日的同事。按说他应该是我的晚辈，但他年长十几岁的家兄却是早年我和西蒙的战友。所以，将就着把他当作平辈的小弟来论了。

离开故土的雷欧淳朴依旧，成熟了很多。我用一锅很地道的牛肉面款待客人。雷欧很幸运，感受了在刚送来的木质餐桌用餐的滋味。绿色的香菜和切成小块儿的西红柿放在一个白色盘中，新煮的五香毛豆看上去绿莹莹的，堆在闪亮的不锈钢盆中，满满一盘由我烹制的蒜茸鲍菇放在桌上，看着根本不知道是什么菜。从昨晚煮得很透彻的牛肉汤中捞出牛肉块，切成薄片，上面撒上蒜茸，淋上金兰生抽和辣椒油后，看上去很有食欲，还有一盘鸡汤炖豆腐。面煮好了，盛入大碗，浇上琥珀色的牛肉汤，上面撒上西红柿和香菜，外加一小勺辣椒油。吃起来，典型的东北家乡味道严重地刺激了我们的话神经，很多沉淀已久、清晰依旧的故乡往事装满了话匣子，鱼贯流淌，直至深夜。

2015/01/20

窗外的景色像一幅幅画。家里窗子多，各个朝向都有。我喜欢在不同的时间站在不同的窗前静心欣赏眼前的画。西蒙似乎比我更早发现窗景的美妙，甚至在深夜临睡前，他都会在某个窗前伫立，沉醉于彩灯点缀下的漫天风雪图，或明月当空下形态各异的小屋构成的温馨可人的画面，并发出赞叹：美！他为被簇拥着的美好的一切感动着。我却为他的感动而透彻地感动着，因为西蒙在我眼里曾经是一个不懂柔情的硬汉，我一直以为他不懂美。不知是我错了还是他变了，反正他对美的感觉越来越敏锐了。

傍晚的阳光很柔和，一片白色在斜阳的照射下时不时发出点状的奇亮短暂的光斑。这个时候出去雪中散步很有诱惑力。阳光看上去暖融融的，我穿上不是太厚的灰色带有腰带的长大衣，围上火红颜色的三角毛围巾跟西蒙步出家门，迎着落日的方向走进一片白雪覆盖的丘陵。那是一片高尔夫球场。西蒙带着黑色羊皮手套的手紧紧抓着我大衣的腰带，给我的感觉他好像在遛狗。他对我此种特殊的关爱已经历史悠久，我很受用。雪下面是冰，那抓着我腰带的手一旦松开，就像北美的司机没系安全带一样心里发虚，失去安全感了。那片雪原没有人烟，踩在冻成冰壳的雪上，留下很浅但清晰的两大两小的脚印。雪原上有一些形态各异的坑，即便填满雪，也可以感受出坑的圆滑，那是高尔夫球场的沙坑，在绿草茵茵的季节，那里填满淡黄色洁净的沙。还有弯曲在小溪上的小木桥，小溪的水没有结冻，仍在流淌着，在一汪不大的水潭边的芦苇，在夕阳的逆光中镶上了一圈金边。池塘边垂柳的枯枝在冬日的阳光下的画面不是凄凉，而是宁静致远。远处的小房子的后院里，木质的楼台阶上的夜灯已经亮了，院里一只寂寞的小狗，对着远处的我们用跑调的叫声不停地打着招呼，直到我们对它友善地摆摆手，大声回应它的“哈喽”。一个老妇人蹒跚地走下木廊，天哪，她居然穿着短裤，肯定是个肉食者，满身脂肪足以御寒了。

在夕阳中的雪地散步后，满载着安宁回到暖气袭人、淡淡清香的家，几团彩色的毛线和两只快要完工的淡粉色毛靴，立刻把我吸引到壁炉前的沙发中，那是我为家人准备的室内毛靴。

2015/01/22

自从那架钢琴登堂入室，除了经常流连在琴键上的手指焕发了活力，通过指尖上的神经末梢传到全身，甚至中枢神经都开始变得异常活跃起来。住在独立的巢中，完全不用顾忌影响左邻右舍，放声歌唱都没有问题，更不要说悠扬的琴声了。西蒙除了做我的歌粉，现在一本正经地成了我的琴粉，哪怕是夜深沉之时，只要发现我的手有了空档，立刻就会请我奏乐，他会坐在旁边的小沙发上眯着眼睛在我炮制的不规范的音符组合中陶醉着。我很为有这样一个乐盲的琴粉庆幸。随着我的 10 个手指在琴键上机械地移动，琴箱中的那一排小木槌依我所愿，敲击着紧绷的钢丝，发出悦耳的旋律。那些印刻在记忆深处的老曲儿像一条遥远的溪流，载着数不清的故事的溪水，经长途跋涉后流回源头。我在潺潺的溪流水声中放飞思绪，时而回到母亲身边，时而淹没在一片红色海洋里，时而亭亭玉立于大学校园的绿荫下，时而踢着正步在绿色军营检阅台下高呼“为人民服务”，时而伫立在大学讲台上滔滔不绝，时而在浪迹天涯的旅途中跋涉……我惊奇地发现，弹着琴是可以发呆的，在音符中发呆是很有味道的。看了一下没有声响的琴粉，不知何时他已深陷梦乡。第一次发现，我的琴声是可以催眠的。可以肯定，钢琴家的琴声不具有此功能。

我很忙，比过去还忙。忙的主题就是体会世界的斑斓，感受在这多彩星球上栖息的滋味。过去被忽略的景象，现在身临其境再次仔细咀嚼，居然是不同的味道。其实，生活在同一星球的不同物种，都各自有着不同的情感世界，喜怒哀乐是逃不掉的。静心品味五味杂陈后，内心涌动的居然是澎湃的感动呢。

这个清晨，阳光格外灿烂，调开百叶窗，涌入的光是金色的，有些刺眼。此情此景中，唯一想做的事就是躺在沙滩上享受日光浴。翻出墨镜戴上，回到充满松香的大木床上，闭上眼睛在阳光下想象着在海边涛声中晒太阳的情景，后面是一片浓密的松林，我躺在很粗糙的木躺椅上，身边有几只花栗鼠，拱着小手在向我作揖，祈求着五香花生。正美着，西蒙的哈哈大笑打断了我的美好，他被我富有创意的行为艺术震撼了，他是来通知我，早饭已经准备好了。

2015/01/24

壁炉前的摇摇椅很是诱人，可惜只有半个。很年轻时就喜欢那种结构奇特的摇摇椅，它能够前后灵活移动，坐在上面就像坐在船上荡来荡去，两条腿一定要放在与其配套的也会前后滑动的小凳上，大椅和小凳是须臾不可分割的随动系统。坐在摇椅上，前面缺了那看似不起眼的摇摇凳，任谁都会因悠闲不到位而恨不得立刻割掉身上长着的那两条多余的腿。

圣诞节，在慈祥的导购奶奶的引导下，随着购买的家具一起买进了那把摇摇椅。我以为购进的是带有脚凳的摇摇椅，没想到家具送来了，与摇摇凳分了家的摇摇椅孤零零地进了我的家门，立即致电奶奶导购，隔着电话线，伴随着慈祥如故的奶奶腔，分明感受到了那双浑浊的眼中闪动的贪婪狡猾的蓝光，她告诉我，我们只买了椅，而没有买凳，其实她知道离了凳的椅是残疾椅呀。回头看看那可怜的残疾椅，除了没有腿外，有娇好的身躯和灵活的关节，漆黑锃亮的木椅身上穿着咖啡色柔软的棉外套，看上去与红色的墙、棕色的沙发以及奶白色的壁炉本就是一家。我不能狠下心来把它退回去，只能为摇摇凳询价。很贵，但为了可爱的摇摇椅有健全的身躯，只能买吧。我们又一次去了家具店，慈祥奶奶的脸上依旧挂着灿烂的笑，伸着双臂向我道着中国新年好，不管我愿不愿意又来了一个娴熟的拥抱。见鬼，她居然懂得咱中国的羊年。订完货，礼貌地与导购奶奶再见，但坚决避开了伸过来的那双老手。挥挥手，也许是最后一次离开了那个家具店。

2015/01/26

不知何时开始，很自然地把人类归并于茫茫宇宙中匆匆过往的无数物种之一。作为苍穹之下的一个渺小的生命过客，我开始很认真细致地观察、设计、处理生命过程的每个微小细节，并尽情享受其中。置身于自然天成的顺畅生活中，不需要绷着，那感觉就像飞天一样奇爽。

对新的住所充满好奇，内心深处已经把被称之为家的地方看成是生命旅途中的驿站。很多年前，这里应该是一片除人以外的动物们出没的绿草萋萋的丘陵，动物们在这片土地上栖息着，并以自己的方式经营着属于它们的生命驿站，日月星辰的轮转中，这驿站的过客更迭着，如今，身为人类的我进入了这个驿站，那么，随着我走进生命隧道深处，后来的过客是什么物种呢？

很享受与西蒙迎着夕阳在没有人迹的丘陵上散步的感觉。静静的，什么也不说。远处的小房子中透出的温馨气息和偶尔传来的犬吠，疏通着我生命的脉络。夕阳的逆光下，我们留下了还算挺拔的身影。荏苒的时光就像生命旅途中的传送带，丘陵上夕阳下我们的身影会变得佝偻，步履会变得蹒跚，但又能怎样呢？安宁中就这样走进神秘莫测的时空，不好吗？

2015/01/30

很一般的早晨，有些阴，是那种很清爽却不会带来坏心情的雪前的灰暗清晨。心中只觉得这一天有些不一般，但又一时说不出有啥不一般。照例 9 : 28 AM 起床。昨天没有夜宿于“挪威森林”，那是我为有着松木香大木床的主卧起的名字，我把自己柔软的被窝搬到“黑天鹅城堡”，那是米奇卧房的名字。医生留下的黑色方型吸顶灯，还有固定在窗两侧的黑色铁架，我根据已有色调风格，为这间原本是医生儿子的房间，为米奇配了漆成黑色的桦木有棱有角的木床、床头柜，还有镶了银色拉手的黑木五斗柜。我把米奇黑色的滑雪盔放在架子上，五斗柜上放上一个肚大径细的玻璃瓶，茎细得只能放进一支花，我插了一支火红色的带有绿茎的仿真花在瓶中，旁边平放着一本精装的八开大的不薄的书，书的封面是红色的，那是米奇的博士论文，其他论文都是黑色烫金封面，只有这一本专为我装订成红色。书上我放了一只龇着两颗小白牙、身着皇家卫队服的绒毛海狸，那是米奇送给我的小礼物。床头柜上放了一台黑底座、红灯伞的台灯。房间的墙上，我挂了一幅黑木框的小冰球手熟睡的画，旁边挂上一台红苹果形的挂钟，两片叶子用黑木制成。我喜欢在米奇的房间感受儿子的温情，在这间被我称为“黑天鹅城堡”的房间，可以得到很多与儿子朝夕相处的美好的梦。西蒙很体贴地把台灯装上遥控开关，其实他也喜欢在黑天鹅城堡逗留，相信在这里他也经常会收获与儿子有关的梦，只是他不好意思像我一样白日说梦就是了。

这是米奇最后大考的日子，我和西蒙心里都在期待着米奇的消息。为了打发焦急的等待时间，我们去了购物中心，一个月前买的羽绒大衣拉锁坏了，因为已经上身穿过，本想咨询一下维修事宜，店里居然慷慨地给我退货，弄得我都有些不好意思了。发现了一条绣着很多小人儿的蓝色条绒裤，觉得很好玩儿就买了。这时，外面已经下起了鹅毛大雪。风雪中取回上周预定的摇摇凳。回程雪大，车载测距传感器被雪遮挡，不停地嘟嘟叫着。在叫声中回到家，收到了米奇“通过考试，正式是医生了”的消息。我和西蒙淡定地高兴着，心中的高兴聚焦于我们的儿子寒窗生涯就此结束。此刻才想起，今天是西蒙先生的生日。接下来，开始用那台红色面条机炮制口感极佳的长寿面。这还真是个不一般的日子。

2015/02/01

那件宽松的暗格兔羊毛衣的式样很对我的心思，看看材料组成，兔子的 hair 和羊毛，感觉很可笑，兔子身上的毛不论长在什么部位都被称为 hair，按汉语的习惯，长在头部的毛称之为发，长在其他部位的发，则被称之为毛了。细分，年长些的称之为毛，年幼些的称之为绒。从哈德森贝买回那件混合很多兔毛的格子毛衣，刚到家就美滋滋地穿上，长长的兔毛在暖风吹拂的干燥的室内，全都自立起来，看上去身体的外形有些模糊地粗壮了许多。这并不妨碍美滋滋的感觉，因为确实很暖和，带着对小兔子的感恩，饭后躺进摇摇椅，晃着，该看书看书，该写字写字。不多时，西蒙的嘟囔声响起：哪里来的这么多的毛呀？他一向对毛敏感，在他看来，发现了生活版图范围内的毛就像发现了不洁的敌情一样。我很体贴地起身，为那些还在飘舞的毛发寻根求源，低头一看，满身耸立的兔毛也沾满了摇摇椅柔软的表面。我立刻脱下新毛衣，塞进口袋，明天必须退掉了。为清除那遗留的兔毛，花去了我们一个早晨的时间。可怜的小兔子，用这样的方式惩罚了我们，干得好！

周末就不出去给社会添乱了。小巢中，我负责比较有技术含量的工作：做早餐。3 个南美洲产的地瓜洗净，纵向切成两半，半根山药去皮切成小段，一根胡萝卜去皮切成小条，全部放入蒸锅。菠菜和一小袋金针菇放入开水中煮煮后捞出，放上蒜末，拌个凉菜；剩芹菜猪肉饺子用油煎至金黄。泡一壶红茶。说好要戒中餐的，随着一家中国超市在小镇落户，我变本加厉地大补前阶段由于中餐匮乏使生活遭受的巨大损失，我那可是地道的中国胃呀。那边，西蒙还在对残存在室内边边角角的兔毛进行着近乎偏执的清理。

手机提示音响起，米奇正在英吉利海峡度周末，那边海鸟很多，视频情景有些眼熟，年轻时去过那里。很高兴他们终于有时间放松一下了。

2015/02/03

这才是期待中很到位的白色冬季。飘了一夜硕大美好的雪花，在灰色的晨光中，镇中的小房子全都戴上了整齐划一的厚厚的雪帽子。园中那些冬季里不太葱郁的柏树枝上的积雪打断了它们的冬眠，屹立在有些苍茫感的雪地上，展示着披着雪绒花织就的外衣后的妖娆。

雪很深，推开门，大团的积雪瞬间涌入门廊。此刻，太阳光已赶走清晨的灰色，照射在雪地上、再反射到我的瞳孔中，那耀眼的金色使眼睛感觉有些轻微的令人愉悦的刺痛。戴上墨镜，穿上厚羽绒服，戴上自己编织的白色宽发带式的防寒帽，不要忘记手套，那是一双只有两个手指的很厚的毛线手套，儿时常戴这种由母亲编织的手套，当时在店里发现这种很怀旧的手套就买了。在同样很能激起怀旧情结的阳光普照下寒冷的雪后，我很自然地戴上了那双黑白红三色毛线编织的手套，手套上红色的枫叶很美，但我认为还不如母亲编织的柔软和舒服。

我和西蒙都不喜欢羞答答的雪，下来很快就化成水，看上去有些不洁的感觉，踩着非雪非冰非水的路面散步，要非常小心才行。特别是在寒冷的天气里，没有人迹的丘陵上偶尔碰上牵着狗的过客，必须礼貌地和狗打招呼，否则不光是主人不高兴，狗们若得不到路遇人类亲切的抚摸，是不会放过你的。昨日，遇见一只冷天里患了伤风感冒的大黑狗，满脸糊满冻成冰碴的鼻涕口水。那可怜的伤风狗见到我们直扑过来，那情形似乎要用我穿着的那条绣着小人儿的条绒裤擦鼻涕。西蒙很英勇地堵住伤风狗的去路，用他戴着羊皮手套的手不停地抚摸狗儿的额头。狗儿和主人很满意他的爱抚，主人道着谢，狗儿撒着欢，回过头盯着我那美好的裤腿一步三回头走开了。我对西蒙的勇敢充满敬意，要知道，他是有洁癖的，通常都是由我与过往狗儿们亲密接触，他总是躲开，脸上带着嘲讽的坏笑。关键时刻过得硬的西蒙，好样的！

西蒙已经用大雪铲推出窄窄的一条路，那没膝深的雪很松软。随着我挥动的蓝色雪铲，松软的雪在风中飘开来形成白色的迷雾，不远处，笼罩在雪雾中的西蒙挥动着更大的鹅黄色的雪铲，激起了更大的雪雾，飘向路对面那栋挺拔的灰色石头小房子。此刻，我们像两个回归故里的小孩儿，大声地抒发着游戏中的喜悦。很快，我们都感到了冰冷中脸颊刺痛的快感，那抹苹果红，居然出现在我们并不年轻但童趣依旧盎然的脸上。

2015/02/06

皮尔逊国际机场一号航站楼到达大厅，那两扇淡绿色的玻璃门无声无息频率恒定地一开一合，开的时候门里露出橙色的光，看上去很柔。门外偌大的厅，整洁干净，我和不多的等候的人们一起，站在闪着亮光的围栏外面。出口处静悄悄的，任凭玻璃门无效地开闭着，橙色的光中没有人影晃动。我看上去很淡定，其实内心已经浸泡在与米奇即将团聚的幸福的蜜汁中了。

昨天的此刻，还在与米奇微信聊天。我已经改变了过去以老妈自居的习惯，朋友一样地和他交流，在仔细倾听中，感受米奇的成长。通话后不到半小时，手机铃声响起，米奇给了我大大的惊喜：妈妈明天见！突如其来的喜悦很让人舒服，但被狂喜颠覆下的脉冲过程过于短暂了，我更喜欢在有准备的长时间的期待过程中，咀嚼细水长流的幸福的滋味。

开闭的绿门中开始有归者或来客走出。来自英国伦敦的人们看上去很有特色，他们与粗犷的加拿大人相比细腻很多，一举一动散发着日不落帝国特有的傲气。一向以边缘人自居的我，此刻与本地人有了些表面的雷同。在期待中，并没有刻意地保持淡定站着不动，而是迈着两条蹬着白色高鞫雪地靴像北极熊一样的腿、熊一样的步伐来回踱着步，并不时地向门里暖色的灯光处张望。米奇终于走进我的视线。接下来，一切思念溶解在母子温情的拥抱中。

家，米奇和爸爸妈妈的家。弥漫着淡淡清香的小巢中，因小伙子米奇的加入气场顿时发生了质变，那是年轻人特有的充满活力的强大气场。爱的祈祷、致爱丽丝、土耳其进行曲……在儿子演奏的钢琴曲中，与儿子短暂的团聚开始了。

2015/02/08

雪花在灰色的空中无序地飞舞着，清晨睡到自然醒对米奇来说是奢侈的享受，特别是在父母家中柔软的大床上，舒展开来的不仅是身躯，还有禁锢寒窗多年的灵魂，可以不再介意堆在周围数不清该背记的书。他醒了，没有立刻睁开眼睛，被软软的绿色鸭绒被和绿色大枕头们簇拥着，享受着在父母身边轻松的美好，他就像躺在一片绿色的原野中，周围的书香味儿被弥漫着自然气息的家味儿替代。家，真好。

身上有点儿轻微的酸痛，那是在阳光灿烂的昨天，在白雪皑皑的高山上尽情滑雪留下的掺杂幸福与快乐的余味。与父母共进早餐，对他来说，是胜过满桌美味的最高规格的精神大餐了。他亲手为妈妈准备了早餐红茶，那琥珀色的汁液颜色比以往深了很多。饭后，我慢慢喝着热茶，喝得比以往慢，就这样慢慢地品味着与儿子团聚的滋味。

这并不是米奇的假期，他已经进入科研阶段。饭后我们把孩子一个人留在餐厅中，时不时会悄悄从后面注视着餐台上工作的孩子。如今科技发达，视频通话易如反掌，但近在咫尺感受孩子的气息，对于父母也是难得的享受呢。

在英伦生活十多年的米奇，见到雪花飞舞就会童心大发，难得一见的白色的冬季景象对他而言就是童话世界。钻进车中，在雪花飞舞中行进在丘陵起伏的大道上，望着朦胧感十足的窗外景色，坐在前排的父子谈着我很不以为然的话题。车内很暖。天色暗淡了，道路两旁闪过的小房子的窗中闪出灯光，温馨迷人，我很自然地打起瞌睡，甚至进入梦境……雪仍然在飘着。

2015/02/19

木质窗帘的质地很好，清晨，光被严严实实地遮在外面。我开亮那盏扣着红纱罩的床头灯，大瓦数节能灯发出的光，把黑天鹅城堡照得很亮，白光照耀下，红色灯罩投在屋顶上，洒下一大片椭圆形红晕。其实，红灯罩下的灯泡应该是暗橙色，前一晚，我忘记使用遥控开关误以为灯泡坏了，使劲儿一拔，好端端的小桃型灯泡与它的裤子分离。喊来西蒙，他一脸苦笑地换上看上去有点张冠李戴的灯泡，于是，黑天鹅城堡只能暂时笼罩在惨白的光下。

摸出手机，数不清的问候从那亮着的小窗口跳出，国内已经开始除夕春晚了。有学生在问，老师您那里也过春节吗？这里已经鞭炮齐鸣啦！不，这里的黎明静悄悄。

我享受着寂静的除夕，想象着，若母亲还在我该是怎样地依偎在她身边，享受做女儿的幸福。母亲在，家就在，母亲去了遥远的异度空间，也许会在那里选择了通向此地的窗口在向我眺望呢。我离开母亲此生的家，远在大西洋彼岸，也许母亲找不到我了。这些怪念头来源于刚刚看的一部科幻影片，名字好像是《星际旅行》。我很希望这部在很多物理学家协助下拍摄的影片反映出一种人类目前未知的真实。

白光下，我感觉有些悲泣。在自由自在的生活中，悲泣感已经有些陌生，但此刻确实是悲泣了。西蒙在楼下喊着吃早饭了，吃着饭可以看网络电视春晚实况呢。我回应着：我在思考问题呢，有了解就下去。很快，我找到了悲泣的原委——乡愁。

早餐桌上，摆满西蒙的作品，其实我是家里的烹饪师傅，西蒙也就是偶然客串一下，我从来都是百分百捧场的，只是米奇若回来他就退二线了。外面看上去很冷，打开壁炉，拉上窗帘和门帘，气氛很温馨，就这样，大白天在自己营造的夜色中，开始感受年三十除夕夜。中午12点，几千里外的米奇在牛津的实验室中打来贺岁电话。我那悲泣的乡愁融化在饱含亲情的天伦之乐中。

2015/03/01

冬日的太阳发出的光与其他季节一样，也是金色的，那是一种很夸张的金色，衬托着白色的积雪和哈气成霜的寒冷空气，形成了那种令人愉悦和无比向往的金色。说是金色也不尽然，确切地说应该是闪着金点的橙色。我将窗帘拉开，那橙金色的光透过白色的窗棂，散落在暗红色的厨房地砖上，在被光拉长的窗格影子上，摆放着两盆茁壮发育着的花，在我的精心照料下，兰花们争先恐后地甩开长满紫色斑点的淡粉色花瓣，我望着花瓣深处羞答答的被粉饰着的蕾，怎么看都感觉像生育过的少妇，依然散发着诱人的魅力。

洒满阳光的早餐桌上，摆上了西蒙准备的艺术早餐：白嫩的豆腐被切成长宽高精准一致的长方体，列队整齐地摆放在考究的方形花瓷盘一边，另一边是在开水中打过滚的被切成菱形的胡萝卜，还有绿莹莹的小葱排在盘的顶部，旁边那平底大花盘中部堆放着由鸡蛋胡萝卜丝和蒜薹一起炒出来的红黄绿混合的菜，看上去煞是好看。再就是照例的早餐红茶，并摆放了一大瓶柚子蜜在一边，西蒙知道我是喜欢甜味的。煮成五分熟的鸡蛋放在可爱的鸡蛋盅里，旁边没有忘记摆上吃蛋用的迷你小调羹，西蒙也知道，我很享受用小调羹把半凝固状的蛋黄送进嘴里的感觉。当然，他的鸡蛋一定要十分熟的，所以，我的鸡蛋水开后煮3分钟后捞出，留下他的再煮两分钟。这顿早餐一直到吃完，我都在想一个问题，西蒙啥时由大锅炖的蹩脚厨子变身为厨房艺术家啦？

手机里好友安吉拉发来照片，一贯地简练，五个字：瞧这一家人。那是我的女学生和他的男学生还有他们的宝宝。这是郎才女更才，郎貌女更貌的最佳组合，那帅极了的宝宝不知道会聪明成啥样呢！当然，我和安是他们的媒人。沐浴在冬日阳光下，坐在摇摇椅上我眯着眼睛晃着，想着比电影更加有趣的往事。我喜欢运动，午休常和学生们打打乒乓球，我打球是伪专业水平，哪怕是很年轻的一般人肯定输在我手上，作为赢者，寻求高手对垒是常情。听安说她的研究所里有高手，一天午饭后我去那里会高手，进到楼里先看见楼上探出一张年轻英俊的脸，然后下来礼貌地迎接我上楼，这是安的技术助手兼学生菲利，我怎么都感觉小伙子像极了我美丽聪明的女学生娜拉。见到安，没商量地就让她安排时间让菲利和娜拉会晤一下。没想到安比我还急，第二天，就亲自驱车把她的爱徒送去了选好的咖啡屋，会见了我的爱徒。接下来，我和安就变成了好友兼亲家。我们在无意中成就了一对美好姻缘。现在想着都美得不行。美着美着就进入了梦乡……我的家变成了艺术馆，我的摄影展在此举行，满墙的风景，人文画面记录着我的足迹，西蒙成了我的助理，在洒满阳光的大厅一角，摆上了画架，他轻声说，作画的时间到了。我醒了，天空已经繁星点点，时间溜得太快了。

2015/03/05

阴沉沉的天，并不妨碍在属于自己的世界中寻找快乐。

屋顶悬着炮弹头状的吊灯，浅褐色墙壁的小屋已经被我装饰成玲珑的小作坊，我命名它为“天工坊”。墙壁上遗留着一些钉，原本这些钉是女医生用来悬挂油画的，我见过搬来前的样子，那些画的框夸张得有些金翅金鳞，配上蓝色基调的带有几多朦胧感的油画，在褐色的墙壁上显得极度不协调，当时我曾为不搭调的豪华型装饰遗憾，幸好女医生搬家时摘走了所有披金戴银格调模糊的壁画，墙壁上留下的钉子们，记录着曾经有过的鱼龙混杂热闹非凡。

现在我将已经镶嵌在镜框中自己的摄影作品挂在随机分布的钉上，然后居高下望，居然获得意想不到的艺术效果，大脑中对称美的传统观念，竟然被这离散无序之美颠覆了一下。当然，我认为各有各的美。

去宜家商场买来黑木小桌，摆在不需要拉开的红色百叶窗前，两边放上两个棕色木架，原本堆在地板上的打印机、网络信号接收装置、家庭电话终端，还有迷你小缝纫机、电熨斗、布料、毛线及鹅黄和天蓝色的装满针头线脑的小收纳箱全部上了架。赶上了即将倒闭的美国连锁超市 TARGET 清仓甩卖，又买回非常搭调的棕色台灯，放在黑木桌上，台灯上配有的笔筒、工具盒及几个插座，不仅价廉，而且完美。

与黑天鹅城堡相通的房间目前空着，我已经把它命名为“闻舫”，这是米奇幼年时的笔名，我一直喜欢这个小米奇为自己确定的笔名。写字台、转椅和书架尚未到货，我决心一定把“闻舫”建设得书香四溢。这是后话。

在“闻舫”建成前，“天工坊”成了我最喜欢的地方，每当坐在墙角豆色的绒面小沙发中，就着头顶“大炮弹”送来的光，身心即刻就浸泡在精神家园的暖流中。

米奇已经养成源源不断为我的精神加温的习惯。每天他走出实验室或病房，微信都会飞过来。

米奇：好吗？

我：当然。

米奇：获得实验结果，比预想快很多。

我：加油！我看好你。

米奇：创伤科团队是非常快乐的群体。

我：心情是感觉的滤波器，好时，好事通过，反之亦然。

……

米奇：遇到了新的问题，这周末要在忙中度过了。

我：不断有新问题并解着，痛定而后快着，这就是科学家的路，加油！

……

米奇：建模不顺。

我：将参数作为未知，核磁数据为已知，用矩阵建模试试。

米奇：正尝试建立更简单的模型。

我：别急，罗马不是一天建成的。

米奇：看起来不顺。

我：难，才有味道；大乐，在不远处等着你呢。

……

米奇：成功了。一会儿去攀缘。

我：（笑脸）

孩子是上帝派来的天使，此生以妈妈的身份与这个叫米奇的小男孩并行生活在这个星球上几十年，我是幸运的。

冰天雪地的日子，以被冻住的洗衣机下水通道“咕咚”一声通开为节点。结束了。我在灰蒙蒙的雪地上散着步，脚下的雪软软的，最下层软得成了半液态，脚上白色的北极熊掌式的雪靴沾满了透明、细碎欲滴的小冰粒，一只带着狗婴儿的狗妈妈跑来示好，没想到它的宝贝儿子没深浅地咬住我的围巾打起了秋千，可怜我的红围巾留下了俩洞。

夜降临，源源不断的手机问候传来，元宵节到了。

2015/03/12

已经入夜，我很任性地逗留在那间被我称作萨尔兹堡（音乐之声故事所在地）的房间中。其实，那个挨着房门的地方应该被称作空间，而不是房间，因为没有门，是开放的。别人家都习惯把这个空间摆上待客的沙发茶几接待客人，所以这个空间一般都被装饰得比较考究，主人们都极力在此体现家庭文化与艺术特色。女医生以浅豆色的墙壁为色彩基调，将一盏棕色的吊灯高悬在白色的天花板中那石膏浮雕中央。那灯不小，由于顶够高，看上去并不十分夸张，吊灯上下垂着很多白色水晶吊坠，说实话，我并不十分喜欢这种刻意渲染的奢华，这样一个不大的空间，只在棚顶加一盏干净剔透的吸顶灯足矣。刚刚搬来，那灯和白色木质飘窗上浅棕色的金丝绒落地窗帘，任谁也是狠不下心舍弃的。这些都是出身于波斯贵族的女医生的友情馈赠。

我将自己在泰晤士河畔拍摄的伦敦桥和夜色中的渥太华国会山放大，镶嵌在棕色木框里，挂在墙上，顿时，我的文化艺术气息冲淡了浓重的波斯味道。若顺水推舟地买几幅披金戴银的油画挂在那里，就完全传承了女医生家族的风格。对不起，这里将是我的天下。棕色双人皮沙发摆在图片下面。平日里，沙发上端坐着一白一棕两只大毛毛熊，正值冬日，我把自己的白色和红色两套毛线帽和围巾带在哥俩头上，正合适。

正面那架紫檀色钢琴上，摆着我在克罗地亚为米奇拍的照片。他笑眯眯的，身穿黑色羊毛衫，脖上挂着他心爱的莱卡胶片相机。那是在山顶上，我们刚刚从弹痕累累的波黑战争期间的战地指挥部钻出来。蓝天白云，山下是若隐若现的红屋顶。那一刻，我们似乎仍能感觉到战争的硝烟味儿，不远处那座纪念碑周围，似乎十几年前死难者的亡灵仍在徘徊。还有一张是西蒙在日本北海道被称作大地尽头的女满别附近的网走湖为我拍的，那是冰雪覆盖人烟稀少的网走湖，我的眼神充满无辜的迷茫。人啊，总是在迷茫和顿悟中成长的。

我的双手在琴键上随着心中熟悉的旋律行走着，手指恰到好处地上下弹动，发出的音响使我的情绪时而激昂，时而温婉，时而悲切，居然时而眼中流出了泪。见鬼，这情绪，又要体会一下今夜无眠不是。

2015/03/20

手机，这个让我又爱又恨的东西。恨之切源于爱之深，鬼使神差地不论白昼黑夜，与那小东西保持着须臾不能分离的关系，时间和精力被那力大无比的小东西悉数搜走。夜不能寐之时，胡思乱想着，那黑暗中手机接收信号闪烁着的蓝光与灵异空间的鬼火区别在哪里呢？冥冥之中，彼岸的母亲悄然而至，熟悉的充满爱意的管教声抵达我的中枢神经："关灯睡觉！"顿时从半醒半睡的混沌状态中醒来，放眼望去一团漆黑，哪里开着灯，只有手机上蓝色的小灯闪烁着，伸手关掉手机，寂静的温柔感即刻包围了我的身心。沉沉睡去，一夜无梦。

我这凡人还没有超脱到能割断与芸芸众生丝丝入扣连接的链条，毕竟手机是我通往大千世界的通讯小终端呢。手机中老友温妮发起只有她们姐妹和我的三人小群聊，其中布满了向温小妹推介我光辉事迹的段子，幽默诙谐的温小妹曰："学她，要累死我不成？脱鞋光脚撂挑子也追不上啊！"。我答："愿意和你一起脱鞋光脚撂挑子追太阳。"小妹问我何许人也？我答："你大姐是我的三妹，我是你大姐的四妹。"这关系温小妹犯晕是一定的，可我与她大姐温妮的关系确实是三妹和四妹的关系。

十多年前，包括我在内的 5 位美丽的现代白骨精邂逅在滨城西部依山傍水的大学校园。见面伊始，同感相见恨晚，我领衔担任群体秘书长，负责不定期按需组织具有休闲减压之功能的聚会。超凡脱俗的五女一致感到彼此间尊称教授难免生分和沉重，大家最重视的角色是女人，于是达成共识，按年龄排行，彼此间互为妹。我排行老四，温妮排行老三，所以我是温妮的四妹，温妮自然是我的三妹啦。

5个妹过去的辉煌往事，时不时会浮现在我的脑海中，不同的排列，组合成有趣的故事链，这些链像金蛇在心灵深处的PARTY上狂舞着，我的情绪会随着舞的韵律起伏着。这几位有故事的舞者，在她们各自的职业生涯中留下了精彩的轨迹。我想也许应该在适当的时候，把她们的故事以一种与时代共鸣、同时也沉淀着过去时代历史的方式演绎成文字。

2015/03/21

我喜欢躲在见不到多少阳光的天工坊里，蜷在不开灯有些幽暗的屋角小沙发中，脚放在临时拉过来的靠背椅上，为了舒服，脚下放上厚软的靠垫，没有阳光滋润着，难免凉意不时袭来，我会在腿上盖上自己亲手钩织的呈现波浪条纹的毛毯。每每这时，我会长时间悄无声息。细心的西蒙搬来另一只同样的小沙发，两只小沙发对在一起成了很舒服的贵妃椅，他还把一盏银亮的射灯放在小沙发旁边的木梯上，射出的光可以直射在我的笔记本屏幕上，那束聚焦的光并没有丝毫减弱我在幽暗中任由思绪飞扬的快感。西蒙由着我任性地赖在他心目中的小号中，他也落得个清静。

立春了，风开始由凄厉变得轻柔。在风的吹拂下，白色的雪消融得无影无踪，树和草在金色的阳光下开始显现出淡淡的绿色。穿了一冬的狗熊装，我终于可以旧貌换新颜了。换上那件浅棕色暗格的苏格兰春秋短大衣，围上火红的围巾，配上深棕色细条绒筒裤，戴上宽边细腿的太阳镜，把自己打理得很精致，然后出门。歪头看看身边高大的西蒙，深蓝色羽绒服衣领敞开着，里面是雪白的圆领线衣，看上去年轻且很有生气。他眯着眼看着焕然一新的我，眼角的微笑显现出欣赏。西蒙建议把手机音量放大，让他也借光听听我的靡靡之音。就这样，伴着美好的音乐，在春天的阳光下，在寂静无人的小镇上散步，这是我俩每日例行的以健身补钙为主题的行为艺术。

很奇怪，每当坐进天工房幽暗的角落，我立刻会置身妙不可言的世界中。手指在电脑键盘上游走着，把堆积在大脑中许许多多人和事经过重新排列组合后，形成新的造型。我并不认为这些造型可以称之为故事，因为在我的意念中，故事就是故去的事，是有些写实味道的，而文字组合是有些非写实意味的。然而，非写实的文字组合若非来源于生活，则会成为无源之水和无本之木，那样的东西因为没有灵魂而不能称为东西。感谢生活让我接触到许多有趣的人和在他们身上经历的事，这些给了我丰富多彩的文字组合素材，使我能够自由自在地在咀嚼堆砌文字造型的味道，和在喜怒哀乐中享受由衷的快乐。

2015/04/11

我真心希望各色的风景慢一些游过我的身边，但冬去春来这件事不以我的意志为转移。我没有选择地再一次走进春天，并很认真地寻找着讴歌春天的各种有个性的素材。

对生活的事，我一向是在马虎中恪守不循规蹈矩的习惯。正因为如此，西蒙才无可救药地深陷我的另类生活，在小资与粗犷的洗礼中痛并快活着。一对基督徒夫妇朋友向我传授做一个好妻的 5 条戒律，5 条戒律我只记住一条：对夫要服从。觉得好玩儿我便认真实习了一下。

西蒙知道我爱挎着相机满世界漫游，于是，春天到来之际，他决定和我一起自驾游，时间一个月，围着美国转一圈。这要换作从前，非打心眼认为西蒙太够哥们儿了，有他这位高大威武的保镖陪着到处乱窜，比我过去一人独闯深山老林不知要美上多少倍呢。其实，当下我更爱宅在闻舫中读书写字或是胡思乱想，时而忙累了，发掘一下老妈给的园艺基因，把小宅子美化一下；还可以忙里偷闲下到幽暗的地下室里，在儿子为老爸妈置办的迷你影院中看看充满立体效果的欧美大片。心里不情愿即刻出游，但还是很想实践一下“服从”的好妻美德，我很认真地配合西蒙的出游安排，为防小宅有洋偷光顾，亲力亲为安装调试了视觉监控系统，接下来准备行装，收拾冰箱，心中默默为自己成功践行小女人的服从精神而感动着，同时心里极其盼望着明天一早天降冰雹。

清晨的天是阴沉沉的，西蒙把我准备的衣物用品，悉数码到后备厢中，然后锁门出发。我老实地坐在副驾驶上，心中盼着倾盆大雨早点来临。很快，雨就来了，高速公路上，雨雾中迷蒙蒙地看不清前面的路，打开手机查看了前方目的地的天气情况，心中窃喜，除了雷雨就是大风。于是，不断向西蒙进着谗言，不外乎是沿途泥泞中不能饱览美利坚大好春色云云……终于，西蒙果断决定打道回府，我做小女人状点头服从。此刻，我们已经离家一百多公里了。

回到家，我长舒一口气，“家里真舒服呀！本宅女回来啦！”

2015/04/16

闻舫中弥漫着书香，黑色的书架，黑色的书桌，黑色的转椅，地上铺上了一片很厚的白色花纹的羊毛地毯，书桌旁放着一个浅米色小沙发，还有一把红色的皮座椅。深棕色的墙壁，上面还没有挂任何油画或摄影，空旷的墙，在我的计划中应该挂上镶嵌米奇幼年穿着南非校服的镜框，还有众多奖牌及证书什么的。对了，我还要把米奇初中、高中、大学、博士，还有医学院毕业的留影全部展示在闻舫的墙上。如果可能，在墙边再摆放一个镶嵌小壁炉的矮柜，上面再放一些米奇幼年的照片。这样，闻舫不仅是书斋，而且也兼做母亲成就的博物馆了，我可以尽情在此陶醉于自我创造的育儿成就中了。

坐在闻舫转椅上歪歪头，透过百叶窗，可见外面一片春色。窗外的大树已长满红色的蕾，是花蕾还是叶蕾呢？我拭目以待着。小院中的草已经泛绿，房前屋后的墙边，一种很迷你的小草已经开出了紫色的小花。我培育的花苗刚刚冒出嫩芽，也许还得在室内培育一些时间。等不及了，于是更衣出门和西蒙开车去园艺超市，买来很多花的根茎。各式郁金香的根茎看起来像小型洋葱头，扁株莲的根也大致如此，还有像小地瓜一样的大丽花根。我挥锹翻地，把木篱笆墙前的土进行了整理，上面的枯叶全部被清理干净，花根悉数埋了进去。浇水后大功告成。劳作中，夜幕降临，但意犹未尽，我又把地上的太阳能照明灯擦洗干净，并重新布局，小院顿时有了一条熠熠生辉的星光小道。邻家的韩国先生和夫人羡慕地伸长脖子向我们有声有色的院里眺望，并大声夸奖着我们美好的园林。当然，这仅仅是我们园林艺术的热身活动，等着瞧吧。

2015/05/13

力量应该是文字的属性之一。在文字的驱使下，我心甘情愿闭门谢客，在美好的孤独中指挥那一粒粒文字排列组合后形成的让我心潮澎湃的句子，再引领那扭动着婀娜身姿的句子如叠罗汉一般摆出色彩斑斓的造型。然后，眯着眼睛盯紧那已经有了几分灵性的文字雕塑，后退几步，再然后，吹毛求疵一番，最后沉醉在只有一个人的狂欢盛典中。

日子就在美滋滋的感觉中滑过，春天来了。已经习惯了有西蒙在身边的日子，喜欢在看不见他时随意朝着哪个方向很透彻地放声喊上一句："人呢？""在这儿！"，粗犷中带有几分温柔的回声让我很受用。其实我并不是真的要知道他在哪个角落的，他也并不认为有必要精确地回答我他所在的方位，我们以这种原始的方式传递的也许是与日俱增的情感，这情感中的元素很复杂，我以为核心内容应该是生死相依的伴侣之情了。

西蒙出门了，家中到处留着他的痕迹，36个红苹果和黄苹果，36根胡萝卜，数不清的豆荚，茄子，黄瓜，山药，还有不计其数的鱼虾……他说这是精算过的，恰好够我36天食用。我看着被塞得满满的两个大冰箱，感动之余情不自禁嘟哝着：是不是准备把我喂肥后送屠宰场呢？

很喜欢坐在闻舫中，在枫木写字台前的黑木转椅上，白天也喜欢开亮那盏银色聚光灯，它发出的淡橙色的光会给予我些许温馨感。面对银灰色的小苹果展现出的世界，时而忧心，时而喜悦，时而好奇，时而陶醉……无数时而叠加成属于我的时空，这时空呈现出一抹平和淡雅的蓝色。时不时地，我喜欢歪歪头透过百叶窗平直的白色木条看看外面春日里生气勃发的大树，大树伴随着微风摇曳的头颅发出的沙沙声响，展现着日益加深的绿色。半月前，树的枝头枝尾布满的红色叶蕾，现在展开来却是盎然的绿叶。

没有过渡过程，一下就进入了夏季，邻居的韩国人家那乏味暗淡的庭院不知何时栽满鲜花，再看看其他院子，也都是一片花团锦簇。早在半月前我种下的各式花草没有一点生息，于是抄家伙扒开一看，那埋进的花根全部腐烂发绿。花不行，花盆中的菜应该行吧，奔进后院，那一盆盆本来在室内一片生机并开始爬藤的绿苗，被挪到室外一天就全部打蔫，嫩绿退去则满目枯黄了。欲哭无泪中痛下决心急流勇退，就此挂锄。

终于，我们仨处于地球两个时段了，在过去的岁月里，仨人儿处在

3个时段的情况是经常有的。米奇已经结束在加拿大温哥华圣保罗医院的实习，此刻已经到地处亚洲的台湾医院。清晨伴随着鸟鸣，晨光顺着百叶窗的缝隙挤进房间，在深棕色的地板上投下一条条很细平行的橙色线条；地球那一端，太阳已经完全消失在地平线下，我想，此刻天空在晴好时应该留有一片紫色，那是太阳滑下后的颜色，但愿那安宁的色彩不被霾所吞噬。

手机微微一震，一幅幅照片飞了过来，医院的大门，身穿白色工作服的年轻医生们……他的工作餐。接下来，西蒙以米老奇的姿态发来谆谆教诲，再接下来，就是我的语录："你俩聊着，本宫再来个回笼觉。"早会结束。在这样平和的氛围中，我再度进入梦乡，继续没做完的白日梦。

2015/05/14

喜欢在夜色中寂静的街区散步。路两旁排列着形态各异的小房子，细细端详，一栋栋积木状的房子没有孪生姐妹，还有那一扇扇窗中不同色彩的光，经过不同质地的帘的过滤后，化为粘在小房上面好看的彩贴。看着、想着窗中的故事，有点老套却也温馨，茶几上的热咖啡，主人在大头落地灯的照射下，手捧着小说舒服地深陷在柔软沙发中，间或有些瞌睡，脚边地毯上是昏昏欲睡的狗……就这样，我在童话般的小路上，伴着手机中播放的海顿的《小夜曲》悠然地散着步，直至走进那座属于我的小房子。里面是一片玫瑰色的暖光，去外面看我的窗，也是一方迷人的贴。

在暖色墙壁的衬托下，壁灯发出的光是柔和的，每扇门都开着，西蒙不在，一个人的世界并不清冷，吃还是要吃的，从冰箱中拿出一块胡萝卜糕，放在平底盘中，这是我心仪的甜品。其实，在柔和的阳光下，坐在牛津街边的小桌上用小调羹慢慢享用这种咖啡色的点心更有味道，外加一杯地道的英国红茶，享受到的不仅是香甜并存的味道，更有那心灵与自然彼此轻柔互动的快感。灯光下，在自己的小巢中，享用着同样的茶点，感受是不同的，更多的是安宁。

我不是很喜欢看太多的网页和微信，现代的电视也是可以直接上网的，电视也正淹没在网络中，网络是名副其实的大网，把人类收于其中，我已感觉网口正在收紧，很无奈地感到自己目前不是幸运的漏网之鱼，好在还不是病入膏肓的网络病患者，已经开始有意识地逃离网络的束缚，努力挣脱网络，走向自然。不论怎样挣脱，电视还是要看的，尽管是网络电视。

莫斯科红场阅兵正在举行着，那个广场看上去很拥挤，石子路不适合中国式的正步。苏联的军队阅兵步伐是高抬腿的，原来是红场的道路使然。镜头拍摄的角度大多是仰角，把本来就骄傲地高仰着头的士兵们拍得有点像决斗中的公牛。我喝着茶，品评着蹩脚的摄像师的作品，情不自禁地摇摇头。阅兵式中最大的亮点，也许就是我们国家那身引领时尚的时装和飘逸的围纱，还有得体的微笑。

2015/05/16

慢生活中，夜与昼、今天与昨天的界限对我而言已不十分清晰，细细揣摩黑暗中聚光灯下读书写字和发呆的滋味，居然感到一种时空凝固后的安宁，置身其间，周身充满无所顾忌、无所期欲的淡然。

黑色写字台上，两部手机分别静卧在一红一白两个毛质的小盒里，那小盒是我用粗毛线钩织出来的，很实用，尤其是手机在午夜震动，那被毛质小盒吸收的嗡嗡声显得很有节制，并不打破午夜的寂静。白色的手机屏幕亮了，黑色背景下彩色的花很美，米奇的手机照片飘来，此时台北正是午饭时间。照片上是4个身穿绿色手术服的年轻医生，米奇也在其中，口罩挂在脖颈上，绿色手术帽还戴在头上，他们围着圆桌在吃午餐。我随意回复：“动刀了？小绿帽不错！”（笑脸）很快几行字飞了回来：“这里对帽子颜色没有讲究，外科有免费的午餐，回英国后不能说，英国的外科医生知道要暴动了，那里吃饭要走很远去买的。”米奇送来的午夜温馨赶走了袭来的睡意。我打开邮箱，老友 Authur 的信飞了出来。他不仅是我的老友，更是米奇的忘年密友。他和夫人约我和西蒙参加他们女儿艾玛的婚礼，信写得很长，其实他们一直与米奇热线联系着的，从米奇那里他们知道我的所有故事。他对我夸奖米奇就像夸奖自己的儿子，口气好像忘记了我是米奇的妈妈。这位很有性格的犹太教授告诉我，他已经退休8年了，其间与夫人一起享受美好的时光，并陶醉其中，他一点儿也不怀念工作过的大学。我很欣赏他的生活态度，不仅是现在欣赏，很多年前，他奇特的生活就对我产生过深刻的影响。

Authur 的家中，除了活泼的妻子和一对出色的儿女外，还有一只没有一丝杂毛的绿眼睛大黑猫托马斯，托马斯在家中的地位是至高无上的，我亲眼看见过德高望重的 Authur 教授为了闹脾气上树不肯下来的托马斯的安全而不顾个人安危亲自登梯上树，轻言细语与托马斯谈判后将其抱下来。Authur 的家充满着浓重的非洲风情，客厅的墙由石块垒成，卧室和浴室的墙被漆成很深的颜色，客厅的地上铺着兽皮。在那里，我第一次发现了另一种美。置身于那种粗犷的美中，可以感受到与生命本源有某种关联的韵律。来自骨子里的非洲文化修养，是 Authur 从他生活多年的南非带来的。Authur 家有动物专属电视频道，每天固定时刻，托马斯会理直气壮地蹲在客厅中的兽皮上聚精会神地欣赏猫狗节目。在 Authur 家的地下室中，还有两只硕大的老鼠，它们是散养的，托马斯的床铺就以鼠为邻，居然相安无事，和平共处多年，直到鼠夫妻先后寿终正寝。Authur 喜欢在我们面前炫耀他从日本带来的筷子，每当我们去他家聚餐，他都会把精心收藏的筷子拿出来，并显示他娴熟的用筷子吃饭的技巧，在他面前，我用筷子时笨拙的手让我汗颜。Authur 轻松愉快地在拥抱自然中对社会履行着他的责任。在他的实验室中，源源不断地向学术界输送着有价值的成果。在我的眼里，Authur 永远是个诙谐幽默、充满童真、热爱生活、简单而又真实的人。人总会生病，Authur 患了糖尿病，病中的 Authur 开始研究嵌入式人体胰岛素输入自动控制系统。就是在那个阶段，在 Authur 的引领下，高中生米奇走进了医学工程科学研究领域。很多年后，与 Authur 夫妇重逢，我看到的是健康的红光满面的老朋友,他们家庭的重要成员托马斯已是步履蹒跚的耄耋老猫了。

作为 Authur 的同行和朋友，从 Authur 身上我获得了很多生活和工作上的启迪。工作是社会属性，生活是个人属性，在工作中认真完成社会责任足矣，生活中则要靠自己创造属于自己的快乐。将简单、满足、无欲混合在一起，缔造自己的快乐世界也是需要胸怀和智慧的。

2015/05/19

最不爱干的事就是开车，我这个已有 180 多个月驾龄的老司机回到故乡，因离开太久驾照已过期，必须重新再考，因为懒，笔试过后便拖着没去路试，同时也为有专职司机西蒙周到的服务而陶醉着。终于，尝到了非独立女性的苦头。司机西蒙离家，临走，备在冰箱中的食物一天天在减少，不都是吃进了肚里，而是在一月有余的日子里，在自己发起的反腐之战中忍痛割爱，把腐败的食物用可溶解的垃圾袋封装后化作了有机肥料。餐桌上每天呈现的色彩日见暗淡，将就着以吃饱不饿为原则，终于，在烤面包时发现，给养几近枯竭，只有一个鸡蛋孤零零地在空旷的冰箱中滚来滚去。自我感觉虽不是浑身乏力，但旺盛的食欲使渴望美食的激情已经到了刻不容缓的地步。致电朋友，快来拉我购物。大包小包一大堆买回来，忙碌中没有忘记买回热菜——软炸鱼段和三杯鸡。朋友离开，车的发动机声还没消失，我已经坐在餐桌旁，开始对那一黑一黄两盘鱼肉类食物较劲了，那副贪婪的吃相只有在早年怀孕时才有过。吃饱后，品着红茶，自嘲一下，“原来我也不是吃素的”。尝到了依赖的苦头，痛定思痛，我首要的任务就是快快路考，重新变回原来叱咤风云的样子，脚踏风火轮想去哪去哪。

邻居韩国人家里来了很多客人，车库门前路上停满了车，很佩服他们的民族意识，所有的车都是韩国制造。这个群体教养很好，一整天的聚会，在一堵木墙相隔的院子里，听不到嘈杂的喧哗。我不太灵敏的嗅觉发现了卧室充满带有辣白菜气息的烤肉味儿，于是关严门窗，把空气清新器插入电源。在超市买回两株草莓苗，种植在后院的柏树下，太阳很毒，为小苗撑上阳伞。看着满院没有色彩的绿草，我想起了喜爱园艺的母亲，在园林艺术方面，母亲的天才基因并没有遗传给我。

周末对于我也是不同的，因为患有旅游强迫症的米奇会不失时机地抓住休息日的分分秒秒游弋于大山大河及名胜古迹之中。只要网络畅通，时况随时会进到我的手机之中。

米奇：我在基隆港的山顶上。

我：安全第一，其他的都不是事儿。

米奇：我在赶回台北途中。

我：看上去，有些热。

米奇：天不亮就登上了阳明山。

我：嗨，儿子，别忘了去蒋公散步的小径溜达一下，有可能的话在阳明山上泡个温泉。

米奇：好的。

我：有空去仕林官邸观摩一下园林，故宫博物院一定要去，好东西都在那里。

米奇：好的，一定去。

米奇在台北潮州街那条窄窄的73巷拍的照片飘了过来，那里是外婆的故居，现在已物是人非了。哦，台北，外婆的家只能是藏在我心底的亲情符号了。

嗨，儿子。妈妈真想化作芯片植入你的手机，随你走过这些地方，我会写出很多本有趣的游记呢。

思绪随着米奇传来的信息跌宕起伏，内心深处在许许多多与外婆有关的旧事回味中，让这个周末化作历史。

2015/05/22

那形形色色的装满黑土、长满绿苗的花盆占据了通往后院的玻璃门前那片洒满阳光的地面，我像哺育仙子一样，精心照料着那些娇嫩可人的绿苗，我会不辞辛苦地浇水，不停地转换花盆的方向，情趣盎然地看着小苗的头朝着阳光的方向转动着。清晨，只要阳光射入，我会专门下楼，拉开通往后院玻璃门上的灰色百叶窗帘，唤醒沉睡的绿苗。那些挂满小水珠的苗身在晨光中，愈显娇柔。小叶片下淡绿色的茎在阳光的照射下竟然像透明翡翠管道，里面涌动着的是小苗身体里淡绿色的半透明的血液。我并不关注那都是些什么植物，我介意的是，这些充满灵性的仙子们由破土到生长的生命过程。然而，仙子们的生命是短暂的，天气暖了，我把它们移到室外，它们居然全部枯萎，在春季还没离去就提早进入暮年。写下几行文字，以纪念我的那些曾经灿烂过的绿色仙子们。

我在外面蓝天白云的诱惑下，走出家门。小镇谈不上有街，所以也就不能以街边来论了，窄窄的人行道边是长满茸茸绿草、平滑且缓缓向上的丘陵，向前望，看不到小径的尽头，好像绿色坡地间淡黄色的小径直接与蓝天白云相连，绿毯上蒲公英盛开着黄色的小花。草地上，市政的除草拖拉机轰轰地开着，所经之处，黄色的小花便不见了踪影，一股浓重的青草气息通过我的味觉传感器进入大脑中枢神经，谈不上清香，那是植物血液的味道。一路春光明媚，快乐的因子在我体内此起彼伏地跳跃着。我可以什么也不去想，只是顺应自然发给我的信息，感受着愉悦。

宅着，感觉很通透，细细想来，那种通透感来自潜伏内心很多年对清静的强烈渴望。清静久了，也是需要出去走走的，不然，那侃侃而谈妙语连珠的天赋会衰减；还有那充盈内心的需要释放的幽默呢。拉开街角的一扇门，把太阳镜推向头顶，盯准一个让人看着舒服的女士询问相应的服务细节。无疑，我的微笑及内心的阳光带给她舒适，于是交流开始变得轻松，她的微笑已由职业转为自然，最后为了满足我的需求，她把我介绍给经理，那是个不苟言笑的女人，在她办公室坐定，我很快舒展了讲英文的舌头，并没有丝毫吝啬我随身携带的阳光；很快，谈话进入佳境；再后来居然谈天说地，直到下班，相见恨晚之情油然而生，约定 10 天后再见。

黄昏，西蒙的信息传来：父母墓碑前的鲜花、点燃的香烟，还有打开瓶盖的美酒。充满感激。很奇怪没有感觉到生与死的明确界限。父母只是在此岸人视觉不可见的时空，在鲜花松柏丛中，携手漫步在龙泉湖畔。

2015/05/26

感觉我的慢生活实在不慢，每天的时间都排得满满的，在一个人的世界里，没有时间感受并享受孤独实在有些遗憾。不记得是哪位哲人说过，能力集中体现在能否有效地战胜孤独，能够像组织千军万马一样，指挥自己的世界精彩地运行。我以为，一个人的世界一旦五彩缤纷，孤独感是无法存活的；想享受孤独之美，并在孤独中寻找产生凄婉灵感的愿望，也会化作泡影。

36天的孤独生活还没有品出滋味，就随着西蒙的即将返回而接近尾声，那36个苹果和36根胡萝卜就像日历一样，丈量着没有西蒙在身边的日子的长度，随着冰箱里最后一根胡萝卜的消失，西蒙已在返回途中。

房前屋后的草长得很高了，邻居们的草地修剪得像茸茸地毯一样可爱，我家门前的草，荒凉得有点让我羞于见人了。我从车库推出除草机，那是过去房主留下的老爷机，黑漆漆笨呼呼的，邻家韩国眼镜男像要跟我竞技似的推出他家红光发亮的新式除草机。谁怕谁呀！咱是干工程出身的，多破的家伙都能对付。很快，我在车库墙上取下大捆电线，找到电门，把机器翻过来掉过去看了一遍，于是，轰隆声以压倒一切的气势响起。这是我第一次剪草，发现煞是好玩。剪下的草顷刻间被打得粉碎，剪过之后的草地呈现出好看的条纹，我家门前那一大片公共绿地也被我收拾干净了。邻居们开始发现，我家的宅子里住着一个地道的女汉子呢！大部分人家剪草的活儿都是要由汉子们完成的。干过就会发现，剪草很好玩的，可臂力还是要有的。

赶在西蒙回来之前把草剪完，是我送他的一个小福利，他可以快速恢复旅途疲惫后，开始更加有趣的活动呢。

2015/05/29

风尘仆仆的西蒙踏进家门那一刻，我清静的淑女生活立刻切换到活力四射的艺术实践中了，一点儿过渡都没有。

带领西蒙观看了我精心设计的院里院外，走在刚刚剪过的草坪上，自己头脑中驴唇不对马嘴地出现了中国狱中服刑的男性人员的小平头。满园除了毛碴般的草地外，曾被我俩月前塞入土中的各式花根，千呼万唤不肯发芽，无奈之下撒入大量不知名的野花籽，这些野花不挑食，不论水多水少、天冷天热，该出头时就出头，且疯长无误。那些邪恶的所谓野花，分明是其貌不扬的野草，一钻出地面，不仅疯长而且是匍匐着不动声色地扩充地盘，那片草坪环绕的园田，被我精心培育出了“监狱”的视觉效果，小平头出现在心头也就不足为怪了。

在这段淑女生活中，我以散步的形式饱览了小区中邻里间的大好春色，憋足了青出于蓝胜于蓝的豪情壮志，制定了一整套振兴园林的方案。西蒙返回的第二天，我们就顶着大太阳去园林买回各式花草和土壤。在西蒙埋头倒时差的几个小时中，我头顶烈日埋头苦干，清除园内杂草，挖坑换土，把白、紫和橙色的亚洲和美洲的百合移植到木篱笆墙下。记得早年，我的母亲也是把美丽的百合花种植在朝西的墙角下。还有红、黄、紫、橙各色大丽花栽培在园中比较醒目的地方；五彩缤纷的小花被我种植在院外公共草坪里的柏树下，那里常有小学生家长们接送孩子上下校车；两个开满鲜花的吊挂式花盆被我挂在门廊的铁钩上，非常完美。

沐浴更衣，夜色阑珊，拉开所有窗帘，坐在沙发中向外望去，身处度假村的感觉油然而生。

清晨，用手指把百叶窗缝隙扒开，向外望园林，花儿们安好，挺拔着，盛开着。匆匆把微距镜头装到相机上，来到园林为花儿们拍了一组写真。那边饿极了的西蒙自力更生，把山药、胡萝卜、杏鲍菇、茄子，还有地瓜放到大锅中清蒸，泡上带回的不知是哪个系列的茶。我称赞着好厨艺，脸不变色心不跳地坐上饭桌。接下来我有条不紊地忙着，忙着。

2015/06/03

女汉子的潜质不断在春光明媚中发酵。手拿大铁铲对园中土壤进行脱胎换骨的改良后，我蹲在一个个坑前，用手把油黑的土捻碎铺平，再用那只嫩绿色的小喷壶淋湿坑底，最后，把一盆盆从超市买来的花连同那坨花盆状的土移到坑中，再用手把细碎的黑土均匀地填满花坑，并在上面堆起小土堆。已经盛开的花儿们，就这样毫发无伤地由温室回归自然了。在业余园艺家安的远程指导下，多年生的各色百合花与含苞待放的芍药为邻，栖息在篱笆墙下，还有含蓄的玉簪花亭亭玉立地伫立在树荫下。那些五颜六色的大丽花们，占据了最引人注目的有利地形，高调地展示艳丽的风采，只可惜，秋风秋雨中，与飘落的彩叶一道，大丽花们枯萎的枝叶将与收留它们的大纸袋一起化作泥土护春花了。就这样，生活中第一次有了属于自己的花园，虽然是小小的一片，但给予我的却是盎然的活力。

家，曾经是我无比憧憬但又可望而不可即的地方，一直以为，我的家永远是在路上，走到哪里，哪里就是我的家。随身的旅行箱坏了一茬又一茬，不论走到何处，我都会一丝不苟地营造简约至极的小巢，巢之功能，除遮风挡雨，就是躲在其中享受短暂安宁中发呆的快感。现在，置身于地道真实的家中，每一刻都沉浸在陌生的美好之中。

游侠本能的驱使，时不时总要出去走一走，说是看景，也不尽然，感受生命也许是潜在的动力。我喜欢在游走中通过观察各类人的言谈举止，分析形形色色的人的心态，并陶醉于对此追根求源的窃喜之中。

西蒙是个称职的伙伴，他会在我提着相机到处乱窜时，不声不响地在远处休闲着，我断定，在美好的自然风光中，他双手交叠仰望天空的招牌性动作绝不是在抒情，而是像一个职业办公室主任一样，盘算计划着下一步的行程。他的安排总是十分周密。

晴好的天气，傍晚时分，沿着大湖走着，顺光对着湖面看，清凉见底的湖水呈宝石蓝色，湖面上漂着一只淡黄色皮划艇和一艘小木船，艇上的男人与小船上的狗在湖面上嬉戏。那情景打动了我，我在水的另一方眺望良久，不愿离去。路上，遇一对带着大狗跑步的夫妻，先生称我摄影师，主动让我为他的大狗拍照。我们调侃着，那温柔的大狗应该算是一只美狗呢。

2015/06/11

手机微信传来米奇发来的信息："获奖了，全英放射协会一等奖。"

大喜中带着调侃回复米奇："乐死我了，救救老妈。"

米奇哪里还有空救我呀，那一边，米奇的老师大喜中把米奇抱了起来。喜悦过后，米奇来电纠正：这不是一等奖，这个奖每年只有一个名额，也就是说，他是2015年这个奖项唯一的获奖人。他以最后的辉煌，为他23年的学习生涯画上了圆满的句号。我们仨被这个美好的结局陶醉了。

除草机的嗡嗡声响起。邻家每隔一周的周三都准时剪草，循规蹈矩地剪完草，再把修整好的草坪清理干净。我家周围的邻居对庭院内外的草坪和花卉都持有异乎寻常的高度认真的负责态度，草坪修剪得长短适中，毛茸茸的草地簇拥着门前形态各异的花圃，把我们的小区装点得像公园一样。在搬进新家的第一个春天，我们也尽其所能地建造好门前的花园。缺乏经验所致，我们的花园看上去花枝招展，但感觉艺术效果远离内心期待。用那台旧式的拖着电线的除草机剪草，简直就是一场灾难，汗如雨下的历练中，还要经常面临老爷剪草机不知原委的死机。西蒙剪着草，我还要竖着耳朵待命，一会儿拿扳手，一会儿取螺丝刀，从夕阳西下一直折腾到深更半夜完活儿。第二天依窗看过去，门前剪过的草地就像菜鸟理发师剃过的癞痢头一样，西蒙还自我安慰着，长长就好了。

我俩跑去店里新买了一台新款充电除草机，推着在草地上优哉游哉地走上一走，草地的地毯效果立刻呈现，再配上音乐，除草简直就是享受了。下次除草，一贯吃苦在先的西蒙肯定会主动把除草的美差让给我，我可以戴上漂亮的大檐草帽和太阳镜，穿上运动装，扣着耳机听着音乐，推着青蛙造型的嫩绿色除草机，轻松美好地游走在房前屋后的草地上。他呢，肯定是交叠双手，站在被他刚刚漆过的奶油色框的大玻璃窗后，带着一丝坏笑欣赏着我兴趣盎然的劳动行为艺术。

我们喜欢傍晚漫步在小区中，除了欣赏夕阳美景，还有在小径上偶遇擦肩而过的邻居及他们的狗狗们。在打招呼中，通过涂满阳光的微笑彼此奉献着美好。

晨，有些阴，在康巴迪工作的朋友打电话过来，告知下午有雷雨大风甚至龙卷风，风来后可入地下室躲藏。我俩像面临有趣游戏的儿童，急忙开车去店里补充给养，蔬菜水果放入购物车后，然后不约而同地说，走，研究一只烤鸭。卖烤鸭的越南华侨张开缺了好多颗牙齿的大嘴，笑着摘下那只最肥硕的金黄色的鸭。在养生就是王道的年代，人们习惯忍着欲滴的口水对诱人美味不理不睬，我们很想得开，想吃就吃。

雨已经开始飘落，雨洗刷后的车很亮。回到家中，我捧着香气四溢的烤鸭直奔厨房，把面粉倒入揉面机，加入适量开水和温水，按下启动按钮，在轻微的懒洋洋韵味的揉面声中，把买回的果蔬在冰箱中摆放整齐。那一边，西蒙已经把鸭切开，可怜的鸭已皮肉分离。不到半小时，我俩已端坐餐桌两头，一盘软软的薄饼、一盘青翠葱丝和黄瓜丝，还有那盘鸭的皮肉及棕色的甜面酱摆在中间，当然，还有泡好的红茶。满怀对鸭感恩的心，赞美着鸭的美味，很斯文地完成了八分饱的午餐。歪脖外望，龙卷风在哪里？天晴了，阳光洒满院子。

2015/06/16

雨后的清晨，在鸟鸣中醒来。心情大好。适逢周末，其实周末与否对于我应该都是一样的，但还是认为周末有些不同，邻居们周末在各自庭院中辛勤劳作后，更新着周围的景观，还有孩子们在草坪上嬉戏，周围的小狗跳来跳去，这动感的画面彰显出生命的活力。

我照例大喊一声：“人呢？”西蒙温柔的回声传来：“我在这儿。”房子结构通透，我分不清他究竟在上还是在下，有什么关系呢？水开的嗞嗞声传来，早餐肯定已经摆上餐桌。更衣洗漱，把手机、笔记本、眼镜，还有林林总总的充电器收拢到那个亲手制作的嫩绿色的毛线手袋中，提着，一身清新地下楼。把笔记本与电视连接，在 YOUTOUB 中找到实时报道节目，那几张已经熟透的脸开始在电视屏幕上晃动，在时事评论员和独立评论人士熟悉的声音中，我和西蒙各自占据餐桌一方，享用早餐，两个托盘上放着一模一样的食物，清蒸的山药、地瓜、胡萝卜，还有我烤的镶嵌着棕色葡萄干的面包片，摆在我们中间；椭圆桌面上那个圆形托盘上放着果酱和蜂蜜，还有一瓶金兰生抽，那盘由紫色的樱桃、黄色的菠萝片、红色的草莓、橙色的小甜橘组成的水果荟萃，使餐桌看上去如同静物写真般美好。再有就是那壶热气缭绕的英式早餐红茶了。我俩慢慢吃着聊着庭院改造计划，电视中那些或是布衣人士，或是社会学者，或是年轻一代的清醒者，他们在热闹地各抒己见。时而关注一下慷慨激昂的他们，散发给我的是一种人类特有气息，每一类人都在努力地证明自己的观点会把人类带进文明。地下室面包的香气飘了上来，下午，伦敦的朋友来访，这是为他们准备的，我很喜欢在人前炫耀独到的烤面包技艺。

庭院洒满雨后一尘不染的阳光，阳光很柔，但还是有些刺眼，戴上那顶檐最宽的草帽，来到园中修剪残花，然后为所有植物松土。整理后的花园更具立体感，色彩艳丽如初。

门铃响起，伦敦的老友山顶洞夫妇正在从车中搬出带给我们的花根，山顶洞夫妇是我多年的老友，早年洞先生与我在伦敦同一个研究所工作，在我最困难的岁月，他们如同亲人般地帮助过我，为此我铭记不忘。他富有生气的家中，成了精的大金鱼、活蹦蹦的小老鼠，还有洞夫人用蒜苗包的馅饼，那久远前的一切，随着我的回归，又栩栩如生地来到了我的生活中。与过去不同的是，他们小公主一样美丽的女儿安娜，已经离开父母，成为多伦多大学专门研究鱼类的博士了。很多年前，我在病中，安娜把她最珍贵的护身符送给了我，也许是天使安娜的保护，使我转危为安。洞先生和我都喜欢互相抬杠调侃，洞夫人乐在其中。山顶洞中留下了许多为我们两家津津乐道的美好故事，如今，这故事又开始有了续集——说不完的话，唠不完的嗑儿。晚餐在龙粥记享用避风塘龙虾过后，大家站在夕阳下恋恋不舍着。愿他们早日成为我的邻居。

这是个朋友团聚的周末。周日，蒙蒙细雨，有些凉。中午时分，来自大连的老朋友“三妹”夫妇和“三妹”的小妹夫妇一行人到访。“三妹”是我海归日子中，五个铁杆女友排行老三者，我们互称为妹，我排行老四，被称为“四妹”。从领导岗位退下后洗尽铅华的美丽三妹更有韵味了，高大清秀的三妹夫周到地呵护左右，真是羡煞了人。到场的妹夫们都是那样高大、伟岸，甚至可以算是英俊尚存。但是有妹在场，妹夫们也就只能屈居为背景了。离开了职场，一切都变得如此真实，自由自在的谈话让人很舒服，这是发自内心的感觉。娇小玲珑的三妹，会时不时地在三妹夫面前展示魅力四射的娇羞，但我仍能依稀捕捉到她骨子里的女汉子味道。短暂团聚，分手时便生出别亦难的情愫。保重，美丽的三妹。后会有期。

2017/09/01

重返故乡，跟着感觉想干啥就干啥的日子如流水一样，舒坦顺畅。多年闲置，小宅虽已破旧，蚊虫肆虐横行，楼外挖沟填壑修补破楼的嘈杂声不绝于耳，思乡恋旧的情结支撑我视而不见听而不闻，躲在小巢中一个月内就创造出充满墨香的艺术天地。自己创作的油画配上整齐划一的银灰色木框，挂满了小宅，一个月前如同废墟的小屋已焕然一新。我在此住出了不在豪宅之下的味道，居然有些乐不思蜀了。为避免在小厨房邂逅蟑螂，我改变饮食习惯，不在宅内生火做饭。早餐喝茶吃水果，无论什么水果统统抽筋剥皮，抽筋为的是改善口感，剥皮是为了防范农药侵袭健康的肌体。每天出去，到有情调的餐馆寻觅记忆中的老味道。几个月下来，胖了一圈又一圈。很多年没有机会与蚊虫斗争了，在故乡旧宅中又一次次体会与蚊虫战斗的快感，常常夜里会被蚊子们放肆的嗡嗡声吵醒，起身迎战，雪白的墙很快就血迹斑斑了。我一时兴起，调点油画色，把那点滴血痕画作朵朵红玫瑰。半小时完活，退后回望，很满意。再住下去小屋会成什么样子？拍几幅照片发到朋友圈，学生说很快墙上就会出现蚊子动态分布图啦。

外面雷声隆隆，奇怪，没见闪电。关好窗，拉上帘，点上灯，坐下，听着音乐，很快画出了一只俯冲的鹰，前面是只逃命的兔子。心里嘟囔了一句："快点跑不行吗？看着让人着急。"

2017/09/03

我一向对季节敏感，特别喜欢盯着屋前白色石板路上色彩略黄的落叶抒发一下对时光流逝的感慨，这已是一年一度的习惯。今年却不同，回故乡小住，从夏到秋是多年没有过的事情了。故乡的气息包围着我，门前没有石板路，没有彩色的枫，没有茸茸的草坪，有的只是心中对故乡往事的回味，还有记忆中梧桐树影下红色的小房子，我出生在那里，并在那里度过童年和少年时代。故乡已面目全非，但原汁原味的情感却在内心中不断发酵。我常在夜幕中走进母亲工作一生的校园，仔细寻觅儿时记忆中一些情景发生的遗迹，却每次都失望而归。终于，我居然发现了一栋幸存在高楼群中的红砖平房，那里曾是母亲工作几十年的材料力学实验室。我走进去，格局却完全陌生了。我在那里拼命吮吸着记忆中的万能实验机散发出的机油的味道，希望能从味道中感受母亲曾经的存在。小时候，在这里可以到处捡到被实验机压扁的小钢锭。母亲在工作之余给我演示金相实验，显微镜中奇妙的彩色条纹那样清晰地浮现在眼前，还有那束奇妙的红光射出后，从小镜中看到的小偶人的全息影像……那是一栋充满魔力的小房子，母亲像一位魔术师引领我走进与魔盒中的元素有几分相似的空间。多年后，我创建的实验室中也出现了金相显微镜，我曾带领学生们那样忘我地研发激光视觉装备，冥冥中，母亲与我继续着她在人间的使命。如今，我的米奇手握接力棒，把这使命在人类健康领域发扬光大，他手中的武器已由激光转变为射线，他将以人类健康守护神的身份继续着神圣的使命。在那普通的小房子中，我理清了我们几代人发展的脉络，那是一种具有自然属性的必然。

故乡赋予我回忆的灵魂。现实中故乡的小红楼已化作瓦砾，有的已是破旧的小宅。几个月里，除去出游的日子，我大多都宅在家中，蛰伏在内心深处的艺术灵感便发扬光大起来。

晨，在秋日的清爽气息中，心血来潮，拿起油画笔，在挂着自己创作的两幅风景油画的墙上开始作画。很抒情，很畅快。夜幕降临收笔，青山绿水出现在小宅最大的那面墙上。

病中轶事

我变成了一只耳

月有阴晴圆缺，天有不测风云，人有旦夕祸福……此类描述祸福降临的警句还有很多。我一直相信，祸福这东西若要光临，拦是拦不住的。

那年飞回国，在一片燥热的气浪中踏上故土。在摆渡车上，身边一群出国归来的大妈级女士拥挤在我身边，我除了要忍受其中一位昂首挺胸的眼镜女身上的假乳房的刚性碰撞，还要忍受她对着手机发号施令那激昂的女高音。我暗想，在这样超出人类所能忍受的高分贝噪音环境中，我宁愿变成聋人。

平安地回到小巢。长途旅行后，耳边长途飞行引起的嗡嗡声并没很快退去。洗去一路风尘，美美地进入梦乡。晨曦来临，耳边似乎响起了手机铃声，这铃声遥远得那么不真实，没法为声源定位，几乎摸遍了所有角落才把手机抓起，习惯用右耳倾听，却没有丝毫声音，换一只耳朵，儿子清晰的声音冲进耳膜。我大惊，右耳完全失聪！原本立体声听觉系统变成单声道，后果是失去声音定位能力，这意味着我从此残缺不全。

作为医生的儿子询问了我一些情况后果断发布医嘱：不要有一刻耽搁，马上去医院，妈妈您有很大可能遭遇了非常棘手的神经性突发耳聋。

于是懵懵懂懂中，没换下家居服就冒雨开车去了附近的港口医院。在挂号窗口前，两个扒手把我挤在中间，好在我身上除了右耳，其他传感器还在正常运行中。我无心与小偷计较，反正我紧按着小包没让那小脏手伸进去。来到诊室，天！又是一个戴眼镜穿白袍子的老女人坐在医生的位置上。她正在与人闲聊，对于打断她的闲聊，我很诚挚地表达了歉意后坐在病人的位置上，很谦卑地向她诉说我面临的问题。这个老女人（鉴于职业操守，我不愿对她冠以医生的称谓），目光游离，根本不听我的叙述，甚至无视作为患者的我的存在。得到她的反馈不是有关我的耳朵，而是不耐烦地告诉我，这里只给老干部看病。耳朵不等人，为了救耳朵，我无心与老女人啰唆，下楼开车直奔本市最大的医院。

经过测听，右耳完全失聪。时间就是耳朵，医生马上安排住院用药，没有床位，在走廊加床，签署了很多张用某某药后果自负的单子后，我身穿家居服，可怜巴巴地伸着插有针管的手臂独自坐在住院部走廊那墨绿色有些晃荡的床上，旁边堆着一卷很脏的被称作铺盖的东西。此刻，我才从惊魂中慢慢苏醒，考虑是否应该适当哭一小会儿，以缓解内心的压力。

哭，是一种行为还是生理现象我无从考证，但此刻我明确了一点，哭也需要条件，即要有哭诉的对象。条件不具备，哭出的泪是没有归宿的。于是我放弃了想哭一哭的愿望。坐在走廊上开始观察地形，确定下一步挽救耳朵的计划。

首先发现，我已经掉进了聋人堆中，而且全部聋了一只耳。我的孤独感立刻被好奇心取代。所有突发性耳聋患者在没人组织的情况下很自觉地集结在这里，他们大都很年轻，发病原因多是工作压力大，长时间操作电脑导致神经紊乱，引起耳聋。原来“突聋”是一种很时尚的常见病呢。此刻，我心中为自己及全部“突聋”者定性，我们不算患者，只是脑袋上的传感器参数漂移，需要重新标定一下。接下来的一系列“治疗”，使我了解到医院这个部门对于修理人体传感器实在有些不专业。

手臂上连接着盛满用来冲洗血管的药瓶，活动不便，但是在走廊真可谓天时地利人和，我能实时喊住路过的医生，了解不断灌进手臂中的药液的功能及副作用。我把调研的碎片拼合，经过大脑冷静地整理，发现医院对所有“突聋”者的治疗方案是千篇一律的，所有扩张血管、调整神经的药，外加可怕的激素一股脑地注入体内，碰上运气好，流入很微小的听力神经附近的药液会发挥作用，听力会有改善；运气不好的以升为计量单位的药液在身体内游览一圈后全部被吸收，依然还是聋着。此刻，我没有选择地只有听凭这种近乎荒唐的“治疗”，在盲目中等待好运降临。因为我聋得比较严重，三种强力扩血管的药轮番注入我的体中，阵阵剧烈的头痛使我很奇怪地想到“遗嘱”这有些令人毛骨悚然的两个字，因为这样猛烈地扩血管，我那些柔弱的血管一旦抵挡不住，我随时有可能一命呜呼。

在对死亡的恐惧中，我拨响了好友安的电话。

当身着黑装的安在电梯门口出现并稳健严肃急匆匆地向我走来时，在她那有些庄严肃穆的眼神扫视下，一股很奇特的安宁顿时包围了我，若向我最后告别，这就是最标准的神态及着装了。天堂口的感觉体验很有诗意。见到朋友我居然笑了，心里想到的是尽快把自己在灾难中落魄的狼狈相改观一下。朋友真好，能够解救我于惶恐灾难之中。此刻我想到了久远前的动画片《黑猫警长》中的一个反面角色“一只耳”那个坏老鼠，我很愿意与坏老鼠分享“一只耳”的英名，当然，它的知名度我无法比拟。有朋友陪伴，快活的天性又回到了我的身上。

在茫茫黑夜中，六大瓶液体全部灌进血管，我谢绝了安的陪伴，独自驱车赶回20公里外的家中。此刻夜已经深了。也许不是轻轻的敲门声，但我的一只耳朵的确听到了很绅士的轻轻击门声。打开门，高大的西蒙站在我面前，脸上轻松地微笑着问候我：“一只耳，你好。”看来他已经知道了我的遭遇。是安向他通告了我的不幸，他驱车连夜由外地赶到这里。接下来，在西蒙的呵护下，我开始尽情享受一只耳小女人的疗养生活了。

走廊中的病号

在过去的日子里，经济独立、精神独立，是我生活的主旋律。我认为，人类除了性，本无别，为此在大部分情况下忘掉性别也无妨。如今，生病了，我才发现自己身上流淌着正宗小女人柔弱的血液；我还发现，西蒙那可以化解一切的微笑像一只抚慰我心灵温暖的手，顷刻间一切都变得如此妥帖和舒适。

正如医生儿子的预告，我遭遇的问题很麻烦，解决麻烦除了要有耐心，还要具有吃苦耐劳的精神。还好，身边有保护神，一切的一切都不再用我操心了。每天起得比鸡早，要赶着在医生查房前赶到走廊上被命名为“加四”的小绿折叠床上。我很诚恳地申请，是否让我尽快结束在走廊上的形象展示而进入病房，得到的回复是床位紧张，不可能进入病房。我想，“突聋”就像牙痛，不算病，就不与其他患者争资源了。于是就心平气和地请护士换了干净的床单在走廊住了下来。走廊没有呼叫器，西蒙在一瓶液体输完后会很专业地喊一声“加四换药”。我会招呼新来的患者坐在我的小床上等候，天涯沦落的人们在相互关照中得到些许抚慰。我们逐渐发现，在走廊住着的患者是不招医生和护士待见的。比我后来的患者都陆续住进明亮的面对大海的海景房，在空调输出的清风中眺望美景，听着音乐、打着点滴，痛并快活着。最后，走廊的病人除了我，只剩下一位有两个不孝逆子的老太太蜷缩在离我不远的摇晃的折叠床上。

自以为很高尚的我们，终于发现，在故乡的土地上是有很多规则的。不知西蒙给谁打了电话，科里的医生和护士突然对我视为座上宾起来，诚惶诚恐中我被请进明亮的海景房中，并有眉清目秀的被称作某主任的前来慰问。我无论如何也没法在礼遇中获得快感，相反，心里却为故乡的堕落感到沉甸甸的。

医院里的医患比例失调，医生们门诊、病房两头跑，我并不知道谁是我的主治医生。护士的操作水平很有限，她们手持铁针就像在扎一只布口袋，随意扎入搅一搅，不到位再随意拔出，脸不变色心不跳地再次扎入，面对这一张张年轻的娃娃脸，除了宽容还能怎样呢？我已经习惯盯着针尖看着殷红的血探出来。几天下来，原本光洁的手背布满针眼，每个针眼下都衬托着青紫。

随着岁月的流逝，儿子已经彻底完成了与我之间角色的对调。他已经成为我精神及身体健康的守护神。我已经习惯对他的询问有问必答，对他下达的指令无条件执行。这次若没有儿子，我恐怕不会没有一刻耽搁地跑到医院，也许会贻误救治突聋耳朵的最佳时机，也许永久性耳聋会伴我到生命的终点。在整个治疗过程中，每天通过电话，儿子在详细了解病情后，提出改变用药量的建议，争取在对身体伤害最小的条件下取得最佳的治疗效果。根据儿子的建议，我不断与医生交流。在入院 5 天后我的生日那天，失聪的右耳终于听到了电话听筒里传来的儿子好听的男中音："妈妈生日快乐！"听力开始恢复，这是多么宝贵的生日礼物啊。细心的西蒙早已为我庆生做了准备。结束一天的治疗，在我钟爱的音乐大厅，我和西蒙面对面地坐着，就着廊桥下悠扬的钢琴曲慢慢地享用着清淡的晚餐。三十多年前，曾经拥有的浪漫没有随着岁月消失，儿子的诞生和成长为我们生活不断添加着新的色彩。我们已经到了有资格总结归纳生命意义的年龄。此刻，我们内心是一样的安宁。一切的一切都在不言中。

多功能的科室

随着听力的一天天恢复，我的注意力开始转移到耳朵以外。不知我的血液对哪一种药物发生排斥反应，身上对称出现了许多小斑疹，拿着医生给的一张纸去医院 7 楼皮肤科门诊找专科医生会诊。七拐八拐看到了墙上贴的指示牌"皮肤性病科左拐"。我顿时有些头皮发麻，皮肤病的传染性早就名声在外，再加上以不洁而蜚声医界内外的性病如何与皮肤科扯上干系的呢？我打定主意，不去碰那里任何物件，快去快回。

我似乎觉得耳聋与上了年纪的眼镜女有某种关系，我怕她们，怕再遭遇她们，给我带来霉运。天！又是一个标准的眼镜女白大褂在我眼前闪了一下，“等会儿”的余音未消，人已消失得无影无踪。我把手插进裤兜，躲进走廊尽头的角落里，眼睛盯着眼镜女消失的那扇门。走廊里很多患者戴着口罩，我好奇地依次观察后发现，很多都是俊男靓女，我确定走进其中一扇标着“性病门诊”门的口罩男或口罩女，她们所带的口罩功能是保护隐私。走进化妆品检测室的那些口罩女肯定是被劣质化妆品毁了容，口罩的功能是遮丑。还有希望自己变得更美的女人们，她们是来进行激光去斑、美白嫩肤和据说可以返老还童的换肤术的，她们带着自信而来，但愿不是扫兴而归，但愿下次她们不是戴着口罩而来。我想，在皮肤科就诊的熙熙攘攘的人群中，有几位是真正来诊治皮肤疾患的呢？墙上有一幅抗艾滋的宣传画，上面那些已经有了一大把年纪的著名影星们的影像经过 Photoshop 的皮肤滤波处理，各个都具有娃娃般的脸蛋，我笑了，这些图像编辑真该下岗了，我若是那影星之一，一定以毁坏形象罪投诉这美丑不分的宣传机构。可怜的影星们啊。

在角落里等得我腿发麻，眼镜女才从门里款款而出，我发现，等她的人从各个角落鱼贯而出，并跟在她后面，尾随她走进诊室，那场面很有些壮观，她真是日理万机啊，在她的身后，站着包括我在内的一大排人。她斜着眼看了一下我手腕处的红色斑疹，还没来得及说话，电话铃响起，刚刚还是忙女人的风风火火，此刻却变得耐心细腻起来，不厌其烦地回答对方的提问，我能听得懂的只有这样几句：“国产 1100 一次，进口 2200 一次，若一次交 5 次的钱，赠送一次，也就是买五送一。”我斜眼看看巨大诊室用被单隔成小单元中的小床，那里大概就是 1100 或 2200 能够躺一会儿的服务项目吧。我再一次从心底呜呼：“天哪！这哪里是医院啊！”当然，一个上午的等待后，我拿到了“此系药物反应”几个字的诊断。

我的胆儿大了

汉语可真是博大精深，“祸不单行”这句成语的确真实可怕。我还没有来得及为耳朵康复庆祝，名字还挂在医院耳科的病床上，我的胆却因吃进了用不良食油加工的食物而突发急性胆囊炎。也就是我的“胆”大了。为此，我住进与我治耳朵同一家医院的外科。

发病时经历的恐怖令我永世不忘。疾病来势凶猛，很快我就没有能力直立行走了。西蒙打电话叫了救护车，一个女接线生问了地址，让他带了病人自己下山等候，西蒙告诉她病人病情很重，若有下山的力气我们就从电梯下到车库自己开车去医院了。那边回答，去可以，要加 900 元现金，而且下楼进电梯全部由家人负责，直到抬进救护车。尚有意识的我，为了防止让救护车把我拉到黑心医院，决定我们自己去医院，朦胧中在西蒙的帮助下我钻进车中。西蒙开着飞车，不时呼唤着后面几乎奄奄一息的我。此刻，我又一次想到了可怕的两个字“遗嘱”，可想了半天大脑却是一片空白。

在医院急诊室楼前，西蒙跑去挂号，然后请护士出来抬人，拿到的是辆推活人和死人两用的平板车，我已无力查证这上面躺过多少死人，躺在黑色皮面的平板车上，西蒙推着车把我交到急诊医生手中，接下来的事情肯定是交费了。这整个过程与我在电影电视上看到的急诊室是很不同的。

到底是设备齐全的大医院，很快确诊。我的双臂开始同时输液，为了方便，针被埋在肉里。两天中，每天 3000 多毫升的药送进我的血管中。但愿我的其他零件别再因天灾人祸而发病，让我继续与医院发生关系了。

我在身上满是管子的情况下，挣扎着上网查找资料论证，并电话求助国内外医生朋友给予指导，开始了自我拯救的计划。在儿子参与意见后，我用插着输液管的手颤颤地在“后果自负”的文字后签下我本该是很飘逸的名字，护士很快拔下我的胃管，于是我可以自由地呼吸和交谈了。此刻，由于对管的排异喉咙已经发炎了，体温有些升高了。接下来我又无比坚定地拒绝输入十几瓶各种颜色的多种氨基酸和维生素，两条手臂上的输液针终于下岗，手臂的自由完全恢复。我真的很难想象如此恐怖的治疗再继续下去会把我摧残成什么样。我很想与有关医生讨论一下我的状况，遗憾的是医生人间蒸发，只是离开医院时在电梯上见到了被称为教授的女医生。其实平心而论，这是一个很让我喜欢的女教授。我不应对她有任何责难，她在如此的医疗制度下已经尽力了。至此，已经三天三夜没有吃饭的我饿得双腿发抖，我那两条红肿的手臂彼此拥抱着、有些趔趄地钻进汽车。从医院逃亡的我，在西蒙的带领下直奔渔人码头，因为那里有清淡味美的面条。走出渔人码头，我很喜悦地发现，活力又回到我的身上。我痊愈了！

病后思绪

通过对生活中看到的不同色彩进行加工，从而变成一种现实的全息描述，这好比三维成像，看到的色彩光谱频率越宽，成像越逼真，对现实社会的认识也越具体越真实。但生活中并不是每个时刻都能给人从一个完全不同视角观看周围世界的机会。我有幸生病，并以一介草民的身份进驻医院，一头扎进深受病魔涂炭的倒霉群体之中，看到并亲身经历了一种完全陌生的生活。于我而言，病痛是黑色的记忆，除此之外，我感受到了生活在社会底层人们的善良、隐忍、包容，以及他们所拥有的别样的快乐，这是有些淡绿色的记忆。个别没有灵魂的医者就像一股无色透明的寒流，看不到摸不着，只有在权力与金钱的作用下，这股寒流才能释放出救命于水火的强大能量，这无色的记忆，我相信应该是色谱仪上的盲区，我把这类色相归结于噪声一类，需要有效的滤波器将其彻底滤掉。

当我的眼睛具有在广阔的人生地带扫描采样的机会时，我几乎忘却了刚刚拥有的病痛，取而代之的是认识客观的荣幸和接受客观的坦然。我期待着最强大的控制器的出现，将社会这个大系统尽快地推进到稳定的良性运行的状态之中。